北京大学开学典礼毕业典礼致辞编委会

顾　　问：邱水平　　郝　平
主　　编：龚文东　　李　航
执行主编：杨柠泽　　郭　超　　杨起帆　　龙　昊

编　　委：
任羽中　　吴　旭　　罗　玲　　张妙妙　　潘聪平
陈　威　　杜津威　　贺俊峰　　段陶然　　张子骄
卢　赫　　章美希　　武芸如　　隋　新

永远的校园

北京大学开学典礼毕业典礼致辞精选

2018

北京大学开学典礼毕业典礼致辞编委会 编

北京大学出版社
PEKING UNIVERSITY PRESS

图书在版编目（CIP）数据

永远的校园：北京大学开学典礼毕业典礼致辞精选：2018 / 北京大学开学典礼毕业典礼致辞编委会编. —北京：北京大学出版社，2019.8
ISBN 978-7-301-30546-1

Ⅰ. ①永…　Ⅱ. ①北…　Ⅲ. ①演讲—中国—当代—选集　Ⅳ. ①I267

中国版本图书馆CIP数据核字(2019)第098574号

书　　名	永远的校园 YONGYUAN DE XIAOYUAN
著作责任者	北京大学开学典礼毕业典礼致辞编委会 编
责任编辑	董郑芳
标准书号	ISBN 978-7-301-30546-1
出版发行	北京大学出版社
地　　址	北京市海淀区成府路205号　100871
网　　址	http://www.pup.cn
电子信箱	ss@pup.pku.edu.cn
新浪微博	@北京大学出版社　@未名社科–北大图书
微信公众号	ss_book
电　　话	邮购部010-62752015　发行部010-62750672　编辑部010-62753121
印刷者	涿州市星河印刷有限公司
经销者	新华书店
	880毫米×1230毫米　A5　8.875印张　162千字 2019年8月第1版　2019年8月第1次印刷
定　　价	49.00元

未经许可，不得以任何方式复制或抄袭本书之部分或全部内容。
版权所有，侵权必究
举报电话：010-62752024　电子信箱：fd@pup.pku.edu.cn
图书如有印装质量问题，请与出版部联系，电话：010-62756370

北京大学是近代中国第一所国立综合性大学,从诞生之日起,就始终与国家民族的命运紧密相连。进入新时代,北京大学继续传承和发扬"爱国、进步、民主、科学"的光荣传统,提出"守正创新、引领未来"的理念,开启了中国特色世界一流大学发展的新征程。

立德树人是大学的根本任务,人才培养是北大的核心使命。开学典礼和毕业典礼不仅是学校及各院系最为隆重的仪式,也是北京大学育人的一个重要环节。开学典礼和毕业典礼在一代代北大人之间,传承的不仅是知识和治学方法,更是做人做事的道理。从庄重的仪式感中所收获的对于母校的挚爱和情怀,更是每一个北大人一生受用不尽的宝贵财富。

北大中文系教授谢冕先生在散文《永远的校园》中写道:"这真是一块圣土。数十年来成长着中国几代最优秀的学者。丰博的学识,闪光的才智,庄严无畏的独立思想,这一切又与先天下的严峻思考,耿介不阿的人格操守以及勇锐的抗争精神

「永远的校园」

相结合。"2018年是北京大学建校120周年,北京大学开学典礼毕业典礼致辞编委会精选了2015—2017年学校和院系开学典礼、毕业典礼致辞结集成书,以《永远的校园》作为书名;2019年,编委会又精选了2018年学校和院系开学典礼、毕业典礼致辞结集出版。书中文字凝结了北大的教育理念和深刻思想,传达了师长们的谆谆教诲和殷切希望,承载了校友和同学们对母校的热爱和校园记忆。我们希望本书能够让每一位北大人和关心、关注北大的人们感受到精神的魅力。

北京大学开学典礼毕业典礼致辞编委会
2019年3月

目录 CONTENTS

惜取少年时

修德与学问	林建华 / 003
把不可能变成可能	黄　兴 / 010
有梦就有努力的方向	韩京俊 / 014
像白金丝一样纯粹	李　猛 / 018
做一个勇于批判也敢于担当的人	车　浩 / 022
遵从本心，勇敢选择	陈　鹏 / 029
何以讲良心？	贾庆国 / 035
像追求阳光一样去追求正义	俞可平 / 040

「永远的校园」

望尽天涯路

认识北大、认识自己，		
健康生活、快乐成长	潘剑锋 /	051
不忘仰望星空	张立飞 /	055
异曲同"工"，勉励前行	张东晓 /	059
拓宽人生的边界	李心雨 /	063
生科不败，千秋万代	吴　虹 /	067
北大生活三要事	李本纲 /	070
万物高贵，各自生长	刘　俏 /	078
看到不一样的人生风景	贺灿飞 /	083

「目录」

为伊人憔悴

不忘初心,无惧未来	杨济泽	/ 095
学术与学者	潘剑锋	/ 099
学问中外,于斯为盛	董志勇	/ 106
得天下英才而教育之	黄 如	/ 114
怀揣"三宝",再别国关	胡王云	/ 121
与医相伴,朝气前行	詹启敏	/ 126
山水一程,南燕初心	高 松	/ 132
用好你的自由?	李 猛	/ 136

「永远的校园」

灯火阑珊处

不忘来时路	高毅勤 / 143
路在脚下,道在心中	文东茅 / 147
最美丽的意外	孙庆伟 / 152
人生伟大的拐角	刘 俏 / 159
知行合一,塑造"人生品牌"	贺灿飞 / 166
点滴变化,美好心理	方 方 / 173
不泯温情与敬意	宁 琦 / 177
故事恒久远,精神永留存	孙祁祥 / 181

「目录」

直下看山河

勇敢担当,学在路上	林建华 / 191
记住你的美好,引领中国拥抱世界!	陈若英 / 196
先立乎其大	韩水法 / 202
涵养开放心灵	王一川 / 210
立/利于环境,做社会和自然的公民	张世秋 / 216
扎根边疆、服务基层,锻造无悔人生	钟梓欧 / 227
真	吴云东 / 232
你们会让这个世界变得更好	陆绍阳 / 239

「永远的校园」

永远的校园

保持终身学习	张　静 / 243
迈向卓越	詹启敏 / 247
守正创新，不坠平生之志	谢新洲 / 254
岁月不居，打磨更好的自己	孙海燕 / 258
小肩担大道，垒土筑高台	杨　霞 / 264
做现实中的漫威英雄	梁春苏 / 268
一生相遇，不负归期	宁　琦 / 271

惜取少年时

修德与学问

林建华

（北京大学校长、教授）

2018级的新同学们：

大家上午好！

你们可能已经欣赏到了夕阳铺洒在未名湖上的美丽景色，也可能已经开始去探索和感受校园深处所蕴藏的文化魅力。燕园的秋天的确很美，但更让我们开心的是你们的到来。从现在开始，你们将用几年时间来探求知识的奥秘和人生的真谛，这里将为你们的未来开启无限的可能。欢迎大家加入北京大学！

大家知道，2018年是一个很特别的年头。今年是北大建校一百二十周年，作为戊戌变法的仅存成果，北大已经走过了两个甲子。今年也是改革开放四十年。四十年前恢复高考，那一年我们有两届学生入学，就是1977级和1978级，校本部一共录取3076位本科生、458位硕士研究生。医学部当时还是北京医学院，两届共录取了1007位本科生、111位研究生。今年还

「永远的校园」

是创建世界一流大学计划实施二十年,这个计划是在北大建校一百周年时提出来的。二十年来,北大发展得很快,已经成为一所具有世界影响力的一流大学。

今年入学的同学们也很特别。本科生同学大多数都是千禧年出生的。在今年的本科生中,有四对双胞胎,这可是极为罕见的,让我们欢迎他们,也感谢和祝贺他们的家人!另外还有一件很有意思的事情,从现在开始,我们这个校园里将有两个"未名湖"了,因为今年新入学的一位同学姓魏,名字也叫"魏名湖"!这的确是很特别的。

我希望,你们毕业的时候也能很自豪地说:我们的确是很特别的一届学生,因为我们比历届北大学生都更有出息!

我们正处在一个前所未有的时代,"日新月异"可能已经不足以形容我们所经历的变化。科学的突破冲击着人们的传统观念和价值伦理,技术的进步改变了人们的生活和工作方式,中国的崛起使世界的政治和经济格局发生了很大变化,一些传统行业的消亡或者被颠覆已经司空见惯。

这些变化有的曾被预言过,但更多的变化出乎我们的预料。而且一定还有更多的变化随时会出现在我们的身旁,有政治的、经济的、生态的、人文的,等等。很显然,未知与不确定性已成为这个时代的鲜明标志。互联网为知识的广泛传播和再创造提供了无限的可能,传统的、以知识传授为主的教育模式和方法已经不能满足时代要求。我们的教育必须面向未来，要使同学们能够适应乃至引领未来的变化和挑战。这不仅需要改革我们的教育，更需要释放你们的学习和创造潜力。而这一切，恰恰是我们来到这里的原因。

大家要思考一个问题：在大学，你要"成为一个什么样的人"？

进入大学的每一个学生都需要回答这个问题。不仅是思考，还需要行动。如果能够在大学得到清晰而且正确的答案，那你就有了走向社会、迎接未来挑战的本领和能力，也就奠定了成就自己和使这个世界变得更美好的坚实基础。

同学们，你们是幸运的。你们将在北大度过一生中最为灿烂，也最具挑战的几年青春时光。你们是中国最聪明、最有天赋的一批青年人，但聪明和天赋只是让你有优势，真正的成功人生还需要良好的品德和坚定的意志，而后者可能是更重要、更具决定性的。北大的学生应当自觉树立社会主义核心价值观，有更广阔的胸怀和更强的责任担当，发现生命的意义与使命，唤醒内心的活力与激情，"爱国、励志、求真、力行"，去为真理奋斗，为社会福祉奋斗，为国家的富强和民族的振兴奋斗。

人的品德和修养是内在的，并不那么显而易见，但时刻影响你的选择和决断，也决定着你的命运和未来。大学生涯是一个确立信仰的过程：对国家的忠诚，对真理的坚守，对责任的担当，对他人的宽容，对弱者的悲悯。大学也是一个涵育内心的"确信"的过程。在这个充满不确定性的世界中，"确信"是一种力量，会使我们以更加积极和坚定的姿态，面对人生、面对未知、面对未来的不确定性。品德和确信的养成是一个漫长的过程，需要从自己做起，从小事做起，"小信诚，则大信立"。

鲁迅先生曾讲："北大是常为新的，改进的运动的先锋，要使中国向着好的，往上的道路走。"北大是一所伟大的学校，蕴藏着丰富的精神宝藏。在这里，每一个人都是独特的，要彼此尊重、互相学习；这里的集体是温暖的，要主动融入其中，去体验、去奉献；这里的教师是博学的，他们都乐于与你们在一起，研究学问、探讨人生；这里的学习和生活是多彩多样的，等待你去发现、去选择。抓住每一个机会和可能，丰富你的阅历和认知，如古人所言："不知则问，不能则学，虽能必让，然后为德。"我坚信，在北大的经历将会使你更加自立、自信、自觉和自强，会使你更有定力。

同学们，德性与学问总是相辅相成的。大学的学习不同于以往，你不再是一个被动的知识接收者，而是一个学问的探求者，一个知识的发现者和创造者。大家要主动安排好自己的学习和生活，努力学习知识，打好坚实基础，增长才干和本领，培养自己的批判性思维能力、创新创造能力和实践能力。

「惜取少年时」

技术进步使这个世界变得越来越小，事物之间的关联也变得更加紧密了。与此同时，互联互通引发了个体价值的崛起。这是一个人类历史上少有的和平时期、英雄辈出的时代，个人的创造力在各个行业中都变得越来越重要了。同学们必须要有更宽的学术视野，更强的跨学科、跨文化思维能力，更强的协同创新能力，才能真正承担起未来的责任。

技术进步冲击着人们的观念，虚拟与现实、个体价值与整体利益、未来与当下交织在一起，难免使人焦虑和困惑。

坚定的信心和定力，来自对人类文明精髓的深刻理解。在未来的几年里，我希望大家坚守求学的初心，静下心来，安安静静读一些书，不要被潮水般的信息所裹挟和左右。现在，碎片化知识、快餐式学习很流行，但如果仅仅是浅尝辄止，到头来只能是无根之萍。朱熹曾讲过："读书之法，在循序而渐进，熟读而精思。"建议大家多花些时间阅读经典和原始文献，厘清所涉猎领域的起因、发展过程和基本原理，这样才能形成系统性的认识，才能真正内化于心，伴随一生。

未名湖畔好读书。读书会使你的心更静，思维更加逻辑和敏捷，为人也会变得更加内敛、更加厚重。我相信，人生最难忘记的，肯定不是那些热热闹闹、觥筹交错的画面，而是那些安静的、与自己相处、与书籍为伴的美好时光。

同学们，当今世界，人类面临着各种各样的严峻挑战：

「永远的校园」

气候、疾病、贫穷、焦虑、困顿……这些问题的解决需要各个方面、各个学科和学者之间的密切合作。我们已经开始行动了。

我们打开学校的边界，融入国家发展，从社会汲取营养和力量，增强学校整体竞争力，更好地培养人才、服务社会。我们打开学科的边界，推进跨学科的教育和学术研究，培养能够引领未来的人，孕育更多推动国家发展和人类进步的新思想、前沿科学和未来技术。我们打开学习的边界，使教学与学术研究更紧密地结合在一起，使同学们的学习成为一个师生共同探索未知的激动人心的旅程。

我们理解世界和建立更美好世界的方式是做好学问，这也是研究型大学的核心使命。从脑、生命、量子、材料、数学、物理等基础科学，到环境、生态、健康、智能技术、大数据等重大前沿领域，从文史哲、艺术等基础人文领域，到社会科学的实际应用，北大的学者们始终站在学术研究的最前沿。如果说北大是创造未来的一个学术殿堂，北大所依靠的正是你们，靠的就是我们的学生。你们千万不要低估自己的创造潜力，青年人对知识探索的热情和好奇，是学术研究最活跃、最具创造性的力量。希望大家不要迟疑，积极参与到学校的学术创造中，尽情释放自己的潜能。

科学和技术的进步的确使人们的生活更加舒适和便捷，我们的视野更宽了、寿命更长了，但这并不是人类生存的全部意义。我希望大家充分利用北大在哲学、历史、艺术、法律、文化等领域的雄厚学术基础,从中华文明和世界文明中汲取营养,以更广阔的视野探寻和思考生命的意义,用爱与美、思辨与创造、公平与正义,用你们的实际行动孕育更加美好的未来。

同学们,几天前,在全国教育大会上,习近平总书记希望青年学生在"坚定理想信念、厚植爱国主义情怀、加强品德修养、增长知识见识、培养奋斗精神、增强综合素质"六个方面多下功夫。新的学习和生活马上就要开始了,希望大家牢记国家、社会、家庭和学校的期望,心无旁骛、求知问学、增长见识、丰富学识,做到求真理、悟道理、明事理,真正成为德智体美劳全面发展的社会主义建设者和接班人。

祝福你们!谢谢大家!

(在北京大学 2018 年开学典礼上的致辞)

把不可能变成可能

黄 兴
（北京大学经济学院 2014 级本科生）

尊敬的各位老师、校友，亲爱的各位同学、家长：

大家上午好！

无比荣幸能在今天这样一个喜悦又神圣的日子里，和大家一起回忆大学四年的时光，分享我的成长与蜕变、思考与收获。

四年前刚进入北大的我，是一个除了拉琴拉得好一些，和周围的学霸、天才们比起来无比平凡的女孩儿。但是四年后，我和很多同学一样，再也不是四年前的那个我了，这四年里北大一遍遍地告诉了我：在北大，没有什么是不可能的。我一次次突破了自己的极限，让很多不可能成为可能。

记得在学院开学典礼上，孙祁祥院长告诉我们，"经济"一词的出处就是经世济民，经世济民就是要使社会繁荣、民众安居。那时我觉得经世济民的理想离本科生们是多么遥远。

一次发展经济学的课程调研却改变了我这样的想法。

我们调研小组是去三元桥周边对进京务工人员进行访谈式问卷调查。当我问到两个年龄五十岁左右的阿姨时,她们情绪非常激动,先是和我说着自己能获得如今这个工作机会的幸运,之后又说起她们生活的辛酸和不易,说着说着便哽咽了起来。她们一边哭一边反复说着:"你是北大的,你一定帮我们表达下对政府的感谢,帮我们反映反映这些问题。"我有些尴尬地和她们解释,我只是个北大低年级的学生,我能做的也不多。一位阿姨突然握紧了我的手,热泪盈眶地对我说:"那你也是北大的啊,你肯定能帮我们。"

我突然意识到,在很多人心中,北大就是一种声音、一种象征,是敢为人先的,而我身为北大人为何不敢承担起"经世济民"的责任呢?

随着经济学学习的深入,我又开始思考一个看上去不可调和的矛盾。"理性人假设"是经济学最基本的假设,当代经济学的主流研究极大地依赖于数理分析。而热爱艺术的感性的我,是不是必须变成一个冷酷的理性人?难道我真的没办法将热爱的文化艺术和所学的经济学相结合吗?

大二第二学期,在跟随王曙光教授对浙江青田县稻鱼共作系统进行考察时,我提出:进一步促进当地发展的方向可以是开发旅游等第三产业,促进城市化的建设。但王老师语重心长地对我说:"青田的传统农业是少数没有被现代文明污染过的

「永远的校园」

净土,是中国重要的文化符号,它是无法用经济价值衡量的。"如果这静谧祥和的田间景色,被举着小旗的旅游团打扰,或被钢筋水泥替代,那将是多么让人遗憾的事情。

我意识到了应如何将艺术、人文与经济学相融合。我发表了学术文章《稻鱼共作与文化共生》,提出了田园诗歌式小农经济可以和高经济效益相融合,这也和中共十六届五中全会提出的"美丽乡村"建设不谋而合。我感受到了感性人和理性人之间的契合点,发掘到了适合自己的领域,之后陆续发表的四篇学术文章,均尝试进一步探索如何从人文角度思考经济学现象。我愈发热爱我的学科,愈发能找到适合自己的学习方式,我自己都没想到,那个平凡普通的女孩,在大三时综合成绩竟然成了第一名。

120周年校庆期间,中央电视台拍摄《与北大同行》的纪录片,导演让我回顾大学四年在北大都做了些什么。**我低头想了想,学习、做研究、做过几项学生工作的负责人、做过学术刊物主编、演出了几十场,还创了业**。他惊叹我怎么可能在大学做过这么多事。但其实在这个神奇的校园里,他眼里的不可能,没有什么特别的。

在进入每一个陌生领域的时候,我们都可以遇到良师益友,帮助我们把一件事从不会、不了解,变成可能。在北大,很多同学都比我多做了很多事情,有过更多突破。2018年5月

15 日北京大学珠峰登山队成功登顶珠穆朗玛峰,挑战了世界之巅;多位同学在本科期间就在自己的学科领域取得了突破性的进展……我相信几乎在座的每一位同学都在北大体验过这样或那样的瞬间,惊喜地发觉自己竟然做到了本以为不可能的事情。

今天,是我们毕业的日子。很多同学也和我一样即将离开这个园子了,但是无论我们去往天涯海角,我们必会坚守北大教会我们的:勇于挑战、敢于承担,去把那些不可能变成可能。

(在北京大学 2018 年本科生毕业典礼上的致辞)

有梦就有努力的方向

韩京俊

（北京大学数学科学学院 2013 级博士研究生）

尊敬的老师们、校友们，亲爱的同学们、家长们：

大家上午好！

今年是百廿北大的特殊年份，今天是我们一生中非常难忘的日子。我很荣幸能有机会在这里和大家一起回忆逐梦燕园的九载春秋，感谢曾精心培养、关心支持我们的北大老师和亲友。

我是一个平凡的北大人，回首在燕园的 3231 个日日夜夜，往事浮现，百感交集。

九年荏苒，畅春园食街的店面全换了，我也从此间少年慢慢地迈向了此间"大叔"的行列。在燕园，我坚定了自己的理想，逐渐学会了独立思考，更遇到了对的人。这儿的表达或许有些歧义，我是指遇到了尊敬的老师与亲爱的同学们。老师们不仅是学术上的巨匠，更是为人师表的典范。至于"对的人"的另一种潜在的解释，很遗憾，从辩证的角度，这或许就是残缺美吧。

「惜取少年时」

我和大多数同学一样，博士之路并不是一帆风顺的，也遭遇过焦虑、挫折。

数院是一个牛人扎堆的地方，如何能在一群比你聪明又比你刻苦的人中，看到继续学习数学的希望？我困惑过。博士前三年，我都处于打基础的阶段。这与我本科阶段所接触过的计算机数学研究完全不同。尽管我明白基础研究要有坐冷板凳的精神，但对于迟迟找不到研究切入点的我而言，焦虑是不可避免的，我动摇过。曾几何时，我认为从事数学研究是一件十分"高大上"的事，可随着年龄的增长，我发现在许多人眼中改变世界的是乔布斯、"雷布斯"们。而当被人问及学习数学这样的基础领域有什么用，我想献身的研究能否改变生活时，我语塞过。

我陷入深深的思考：我是否适合研究数学？是否应当尝试其他的路？

在焦虑中，我思考了很久都没有找到答案，想得累了，就翻起了身边的数学论文。欣赏着数学中那一个个美丽而又深刻的定理，我发现数学还是美的。沉浸于数学之美的我，仿佛处于一个属于自己的独立空间，外界的一切都静止了。**我找回了自己的初心，我没有退缩的理由。我想我可以走自己的路，做自己喜欢的事，犯不着管别人跑得有多快，这样至少能活出自己的精彩。**虽然我可能不能像名家大师们一样留名学术史，但

「永远的校园」

如果这辈子能做出一两项令自己满意的工作成果，在这过程中战胜自我、超越自我，也不枉此生了。更何况有些梦虽然可能连万一都实现不了，但有梦就有努力的方向。

博士的最后两年，面临毕业的压力，我调整了心态。看着师兄弟们讨论时爽朗的笑容，望着老师们思考时不经意间露出的微笑，我意识到能与大师们和大神们在同一片屋檐下学习数学是我的幸运。与这些有趣的灵魂们一同讨论进步，或许能比我一个人走得更远。未名湖畔的数学中心，远离尘世的喧嚣，使我能静下心来阅读一些重要的前沿文献，包括一篇我花了数月时间才啃完、长达100页的预印本论文。站在巨人的肩膀上，我有了新的感悟，我尝试在这些论文的基础上，进一步解决一些数学问题。

亲历了夜半辗转反侧的沉思不寐，见证过清晨四五点未名湖的晨景，往事历历，学累了，想到我的导师田刚老师，在读博期间每天工作14小时，为解决一个著名的数学猜想，前后经历了约三十年。他鼓励着迷茫时的我——"**成功是锲而不舍的积分，最重要的是要坚持**"。幸运的是，通过和一些最强大脑的思维碰撞，半年后，我与合作者终于取得了进展。我们的结果受到了国际同行的关注与好评。

随着知识面的扩充，我终于可以自信地回答——数学不仅美，更是一门有用的学科。物理学中相对论的理论基础是几十年前提出的看似没用的黎曼几何，医学中核磁共振背后是傅里叶变换，经济学中的纳什均衡实际是拓扑学中的不动点定理。数学的无用之用，数学的博大和美让我沉醉，也使我非常急切地想让更多的人了解数学、喜欢数学。我利用业余时间担任了中科大出版社"学数学"丛书的编委，还作为中国数学奥林匹克国家集训队教练，向中学生传播数学文化。我希望，他们当中有人也会把数学当作梦和努力的方向。

我的人生篇章正在书写，在未来，我希望能继续自己的数学梦。

我的故事就和大家分享到这儿了。**在北大，在大师们与大神们的光辉照耀下，我们中的大多数人都会显得平凡，但走出校园，倘若我们仍怀着那份初心、系着梦，我想我们会变得不平凡，中国也会变得不平凡。**

谢谢大家！

（在北京大学 2018 年研究生毕业典礼上的致辞）

像白金丝一样纯粹

李 猛

（北京大学哲学系教授）

亲爱的同学们，尊敬的各位老师、远道而来的家长和朋友们：

大家好。

今天是各位研究生同学毕业的日子，也是许多家庭盛大的节日。非常荣幸，作为一名北京大学的教师，能有机会在这里分享同学们的喜悦，和你们的家庭一起，见证你们的光荣。北京大学的全体老师，此刻无论是否在场，都和我一样，衷心祝贺各位同学圆满完成学业，顺利毕业。

接到致辞的邀请，非常惶恐。作为一位刚刚开始学习指导学生的导师，我与在座的同学们差不多，对研究生教育背后深厚的学术传统所知甚少，我们对此的认识更多还只是在文献的征引、概念的沿用或是理论范式的修正上。

研究生教育，作为现代研究型大学高深学术的核心部分，首先就体现在这些严格的学术训练上。各位同学能在北京大学顺利毕业，相信已经通过了最严格的学术检验。在原则上，这一检验不取决于某位导师或学者的个人偏好，而是整个学术共同体明确或隐含的学术标准。因此，当你们经历开题、预答辩、匿名评审与最终答辩的一个个环节时，你们也在经历着学术共同体无声的检验。

此刻你们能坐在这里，意味着学术共同体对你们的承认，意味着那些检验者与评判者的声音，已经成了你内心的声音。对于一个合格的学者来说，他应该比任何邀请的评审者都能更为完整地审视自己的研究，发现其中可能的缺憾，甚至比自己潜在的论敌更为客观地看待自己因为个人性情与研究传统而做出的理论选择。出于思想的局限或人性的弱点，我们都不能完全避免自身的偏爱或倾向。但最终，要么是我们自己，要么是整个学术共同体，将不得不克服这些东西，逼迫我们面对学术本身的要求。

在座的各位，刚刚完成学位论文，相信你们比学术共同体的资深成员对此有更切身的感受，这样做不是没有代价的。你们当中的许多人，恐怕都曾在研究生学术训练的某一时刻痛苦地感到，你们的棱角正在被磨平，你们珍视的独创想法，在评审时遭到了质疑，在修改时失去了灵气。我不知道，现在你们当中是否有人会暗自痛惜，为了成为学术机器中的这颗螺丝钉，被迫一次次放弃自己，最终丧失了在你们决心献身学术的那一刻击中你们的热情。此刻毕业典礼的欢欣和荣光，也无法掩盖学术生活本身沉闷与灰暗的前景。

「永远的校园」

作为一个学者,对于抱有这样疑虑或困惑的新同伴,我想坦率地指出,学术不是浪漫的花园,每天都能绽放五颜六色的原创性花朵。成为一个学者,意味着要将根探入土壤的深处,穿透泥土的缝隙,有时甚至不得不劈开坚硬的石头,将根须向四处伸展,最终到达隐藏在地层深处、表面上看不见的水源,从那里汲取源源不竭的生命力,才能抽芽发干,生枝生叶。

一位伟大的诗人曾经指出,艺术要接近科学的状态,诗人就要摆脱个性。他将诗人的心智比作一根白金丝,放入贮有氧气和二氧化硫的瓶中,就会催化产生亚硫酸的化合作用,但这根白金丝却始终保持不变。学者面临的使命与诗人的或许不同,但如果说一位完美的艺术家,当他想要将人类的经验化合成诗,他也必须放弃自己的个性,逃脱自己的情感,才能完善地吸收和点化人类的那些激情;那么,任何一位哪怕只是够格的学者,唯有借助严格的学术训练、艰苦的学术纪律,才能摆脱自己身上那以原创性之名诱惑我们的平庸而肤浅的自我。

打算以学术为天职的人,必须学会克服想要成就自己的虚荣,学会站在自己的外面,在历史最终淘洗掉一切虚假和自欺之前,自己洗去自己精神上的泡沫。只有像那根白金丝那样不受这些所动,保持纯粹,才能将学术的艰苦积累催化成真正的思想。在记录这一神奇的化学反应的方程式中,并没有给催化思想的这根白金丝留一个位置。

是的，学术训练只是学者自我教育的开始，它是研究生教育完成的小小的第一步。在座的许多同学，也许不一定会选择成为学者，你们的人生道路指向的是更为广阔的生活世界。然而**在所有这些世界中，学会客观地面对现实，深入人类文明深厚的传统，而不是囚禁在自己这个核桃壳里，自以为是无限疆域的国王，这些都是难能可贵的美德。**

今天是各位同学毕业的庆典，刚才的话可能太过严肃，不合时宜。不过，我们都是成年人了。为了完成你们每个人的学业，你们的家庭可能做出了巨大的牺牲，有时妻子或丈夫承担了繁重的家务，有时即使父母重病都不忍告诉你们，怕影响你们的学业；甚至这个国家里许多对我们的研究一无所知的纳税人，为了让我们此刻能够在这里享有这份光荣，都付出了绝不亚于我们学者的辛劳。我们能够回报他们的，只有学会做一个诚实的工作者。

今天，我们所有人在这里分享同学们的快乐，这些快乐来自你们过去几年艰苦的工作。让我们一起热烈地庆祝吧，因为明天，我们所有人都要回到工作中，那才是我们每天需要坚守的人生岗位。

谢谢大家！

（在北京大学 2018 年研究生毕业典礼上的致辞）

做一个勇于批判也敢于担当的人

车 浩
（北京大学法学院教授）

亲爱的各位同学，尊敬的各位领导、各位老师、各位学生家长：

大家上午好！

首先，向即将在北京大学开始一段崭新的人生旅程的各位同学，表示热烈的祝贺！作为一名教师，此刻的心情尤其激动。你们的到来，也给我们的人生旅程增加了新的色彩，而且，没有诸位同学，也就没有学术文化的传承，没有教师传道授业、挥洒才华的讲台，在这个意义上，我们是彼此成就的。

对一位普通教师而言，在全校开学典礼上致辞的机会，一辈子可能就这一次。相信每个致辞的老师，都会格外珍惜，甚至恨不得想把他所有的人生经验和感悟，毕其功于一役。然而，思来想去，千言万语，送给大家三句话。

第一，学会担当，勇于做事。

各位同学能走到今天，到北大学习，除了自身的天分和努力外，也一定是享受了很多包括父母家庭在内的来自外部世界的支持和奉献。但是，没有人可以，也不应该总是汲取和吸收，而应该对他人、对这个社会和世界有所奉献。所谓学以成人，大学是一个重要的人生转折点，出了这个校园，你就是社会中的一员，有你的社会角色所要求你发挥的社会功能，他人会对你有所期待，你应当要为这个世界变得更好担负着责任，做一些脚踏实地的，可能是细微琐碎的，但是具有建设意义的工作。

这些话，貌似是在毕业典礼上该说的话，但其实那时已经为时晚矣。**学会担当，勇于任事，是同学们在进入大学伊始就应当培养的意识**。相反，应当逐渐摆脱掉的，是那些可能把我们变成一个"巨婴"的潜在陋习。这种巨婴，虽然已经过了十八岁，但心理滞留在婴儿期，以自我为中心，没有感恩之心，更不愿意去为他人做任何奉献。要避免这种人格，在校园生活中就要从主动承担一些具体的事情做起，少抱怨，多奉献。当然，要做事，就总会有做错的时候，也有被人误解受委屈的时候，但也正是在这个过程中，才能逐渐养成勇于任事、敢于担当的责任感。

第二，学会怀疑，敢于批判。

北大是研究学问的地方。学术之路上，最重要的科学精神，是怀疑和批判。作为中国最高学府的学生，在系统地掌握本专业的基础知识之后，还应当有进一步的自我要求。那就是朝着

「永远的校园」

本学科研究的最前线出发，顶着知识的边界，努力寻求突破，成为一个新知识的创造者和提供者。不仅要学习和享用已有的知识，还要为人类社会贡献新知。这当然非常困难，但也是社会对北大的期待，对北大师生的期待。总要有人去探索前行，我们不去做，又留给谁做呢？

要成为一个新知识的发明家，就不能做一个温顺地臣服在旧知识脚下的良民。这就需要怀疑的眼光和批判的精神。古今中外各个领域中的大学者，都是对这个世界有着深切的好奇和怀疑，勇于批判和反抗学术权威，敢于挑战那些所谓的常识和通说。世界上没有一所大学，能够把她的所有学生，都培养成为具有这样伟大成就的人。但是，一所卓越的大学，应当追求的是，把她的所有学生，都培养成具有这种伟大精神的人。

各位同学，**今天，我们是教师和学生的身份，在北大校园里，我们的天职不是批判和改造社会，而是以怀疑和批判的精神，沉下心来学习和研究。当有一天你离开校园，无论从事何种工作，只要你具有了这种不轻易妥协的批判精神，你就是一个思想独立的人，一个不盲从、不苟且、不惧怕权威，也不媚俗、不愿安于"平庸之恶"的人**。北大赋予你的独立人格，将一直陪伴着你。虽然你离开校园，不再从事学术研究，但是从事学术研究最重要的批判精神，将照耀你的一生。

第三，做一个既敢于批判，也勇于担当的人。

这句话不是对前两句话的简单罗列，恰恰相反，这里面藏有一种深刻的对立倾向。只有理解并且掌控它，而不是被它所驱使，才有可能形成卓越的人格。这也是我今天想说的，最重要的话。

一个勇于批判的人，往往也有强烈的完美主义和理想主义的心理，很难接受事物的瑕疵，因此不会轻易给人赞美和肯定。甚至对自己也未必满意，索性洁身自好，彻底不做事。相反，一个勇于任事的人，喜欢在一点一滴的具体事功中获得意义，不愿过多地批判甚至刻意回避现实的阴暗面，更愿意去发现现实的合理性，希望承担建设和改善的责任。

大家想过没有，当这两种人遭遇的时候，会是一种什么样的场景？

一个把批判精神贯穿到底的人，可能放眼望去，会觉得：社会上遍地不公，无能之辈横行，自己不愿意同流合污。至于那些在体制内外闷声不语低头做事的人，简直就是"久居鲍鱼之肆而不闻其臭"，整日里蝇营狗苟、浑浑噩噩，眼看着国家就要毁掉在他们手里，恨不得要对他们进行正当防卫。

而一个只想着埋头做事的人，可能会觉得：这社会上整天空发议论、不干实事的闲散人士太多了，有些人就是不肯传播正能量，总是盯着那些体制和社会的不足之处，把它们夸大渲染。整日里叽叽歪歪,像只苍蝇一样讨厌,眼看着国家就要毁掉在这些冷嘲热讽的嘴巴上面,恨不得一巴掌扇过去,世界顿时清净了。

其实,也不必假设。这就是当下的现实。今天中国社会的公共生活和舆论场,正面临着一场深刻的撕裂。在很多重大问题上,存在着针锋相对的观点。观点对立并不可怕,但是,如果把观点的对立,进一步升级为彼此的仇视,最后造成共同体的撕裂,这不可能导向任何的历史进步,只会引起中国社会的动荡和混乱。

天下兴亡,匹夫有责。如何从我做起,避免那样令人痛心疾首的事情发生?

希望就在诸位同学的身上。一个人在青年时代养成的品格,会影响他的一生。所以,我给各位同学的建议是:**从今天开始,在学习生活中,就既要培养自己敢于批判的精神,也要锻炼自己勇于任事的作风。将来大家离开校园去承担社会角色时,是在朝还是在野,是批判者还是建设者,个人选择总是要有重心。**但是,只要一个人在青年时代,就有意识地同时培养自己批判者和建设者的精神品质,在他进入社会之后,就不会轻易地把与自己的选择不同的人,视为仇视的敌人。

那时,当他作为批判者,发起猛烈批评,他同时能够看到,这个社会中光明的地方。批评荒谬,也肯定进步,能够对那些勇于任事的建设者给予理解和尊重。当他作为建设者，他能够正确对待批评的声音，能够把不同的意见——哪怕再刺耳——也当作是对事业的鞭策，有则改之，无则加勉，而不是捂上自己的耳朵或对方的嘴巴。

之所以能做到这一点，都是因为他在年轻的时候，就努力做一个敢于批判也勇于担当的人。先在自己身上，反复训练左右互搏，实现了这种人格的对立统一，才可能扩充出一个真正的"兼容并包"的格局和胸怀。

大家要始终记住，我们北大培养出来的学生，不能仅仅是一个批判者或者建设者，而是要成为引领批判和建设的人。因此，**你们今天就要学会创造出自己身上的对立面，并容忍和尊重它；将来，你们才会接纳不同甚至对立的人，才可能带领和整合社会中不同的力量，让批判者和建设者一道，共同推动国家和世界的进步**。

各位同学！

> 盛年不重来，一日难再晨。
> 及时当勉励，岁月不待人。

请原谅我在开学典礼这样喜庆的时刻，就如此沉重地嘱托你们。今日一别，八千多人的会场，人去馆空，我们散布在各

「永远的校园」

自学习生活的林中路上,可能几年之中,在同一所校园里,也未必见面。希望你们珍惜在北大的时光,珍惜自己的青年时代,潜心向学,淬炼人格,为自己、国家和社会争取一个光明的未来!

谢谢大家!

（在北京大学 2018 年开学典礼上的致辞）

遵从本心,勇敢选择

陈 鹏
(北京大学化学与分子工程学院教授)

尊敬的各位老师、家长,亲爱的同学们:

大家上午好!

首先,请允许我作为教师代表向即将毕业的各位同学表示衷心的祝贺!今天,你们如愿以偿,即将获得梦寐以求的北京大学学位,开启人生新的征程,这是属于你们的节日,祝大家毕业快乐!

十六年前,我的北大毕业季和你们一样,有依依不舍的合影、吃不完的散伙饭,还穿插着拍摄毕业视频,忙得不亦乐乎。而且,我们的毕业季都伴随着激情四射的世界杯,更平添了快乐的回忆。

第一,圆梦北大,笃定化学。

准备今天的发言,我既兴奋又紧张。在座的既是我即将送别的学生,又是我的学弟学妹,聊些什么呢?我想了又想,还是与大家一起回首我与北大的故事吧。

我出生在大西北,从儿时起就常常听大人们讲起北京,说起北大——北京是中国的首都,北大是中国最好的大学。考上北大是扎根于我心中的目标。二十年前的1998年,我在全国高中化学奥赛上取得了优异的成绩,可以保送北大、清华或者其他高校。上北大!我毫不犹豫地做出了人生的第一个重要选择,实现了我儿时的梦想!

我又何其幸运,在那一年,北大迎来了她的百岁生日。1998年5月4日那天,中央电视台反复播放北大百年校庆的盛景,让我真实地感受到了一种澎湃的激情。"五四运动""兼容并包""民主与科学"不再只是历史书中的概念,而是真真切切的画面,我对燕园充满了期待!

九月,我终于来到了这个园子,开始了我的大学生活。然而,**刚入学的兴奋与新鲜感很快就被焦虑的情绪所取代**。

刚刚窃喜可以不用像隔壁的同学那样上机械制图等工科课程,却发现我在高中最怕上的语文课是大一新生的必修课;以为可以躲过隔壁体育课上的3000米跑,却发现200米游泳是我们体育课的合格标准。社会上不少人认为学化学不好找工作,不容易挣到钱,身边也有同学开始琢磨转系、转专业,有人开始备考各种证书。我开始心慌、焦虑,也选修了经济学双学位,此后的很多周末都在经济学课堂上度过。没错,就像前两天饶毅老师在他的一份致辞中提到的那样，我也是一个"读经济学位的理科生"。

然而，燕园是个神奇的地方，刚开始来到这里，你会被她的新鲜与活力所感染，日子待久了，你会开始享受她的平静与温和。

我开始喜欢语文课上优美的散文了，我学会了游泳，发现游200米真的不难。我虽然还是没能像喜欢化学一样喜欢上经济学，但被林毅夫、海闻等老师的学术魅力深深折服。这些都让我的心慢慢沉了下来，我逐渐明白，那些看似迷茫的选择，其实就是北大对我培养的一部分，它既包含我必须完成的规定动作，也创造了足够的空间，任我按照自己的意愿去发展。而我，必须学会取舍！

从初中开始我就喜欢上了化学，奇妙的分子，有趣的官能团，千变万化的反应，都让我深深着迷，憧憬着将来从事化学研究。这种想法在大学期间更加坚定，我决定继续投身化学！于是我在学习专业课的同时，进入陈尔强老师的实验室进行科研训练，直至出国留学。这一选择，我一下子坚持了近二十年，而且还会继续下去。

在北大，我找到了自己的人生道路和目标，化学便是承载过我青春的事业和梦想！这就是北大，她可以给你创造无限的可能，但你要学会遵从本心，勇敢选择！

第二，海外求学，回归燕园。

2002年，我从北大毕业，赴美国芝加哥大学攻读博士学位，师从华人化学家何川教授，接触到了世界最前沿的科学和技术，我所从事的化学生物学是一门新兴的交叉学科，我尽情地徜徉在这一片化学家探索生命奥秘的新天地里。与此同时，异国他乡的生活，让我内心深处的爱国情感被真正激发了出来。

一走出国门，我便意识到自己的一举一动都关系到祖国的形象。周围的外国同学会很好奇地问我许多关于中国的事情。我常常像个外交官一样，给他们解释这个，介绍那个，并努力澄清他们对中国的误解。在我内心深处，更加迫切地期盼祖国的强大和进步。2003年10月，中国第一艘载人飞船"神舟五号"成功发射，我们这些在芝加哥大学的中国学生一起自发收看了这一盛况直播，当外国友人纷纷对我们表示祝贺的时候，我强烈地感受到作为中国人的骄傲！爱国，从来都不是口号，而是一种朴素的情感，是一种能够在特定的环境下、特定事件中，激发出来的最自然的情感。

国外的经历，让我意识到科学技术对于国家发展之重要，更加坚定了学成回国的决心。我决定回来，并再次选择了北大，希望能在这里为祖国的强盛和母校的发展做出贡献。自2009年起，我在学校和化学学院、生命科学联合中心各位老师的帮助下，建立了化学生物学实验室，并将研究重点集中在生物正交反应这一前沿方向上,最近我们在国际上首次报道了生物正交断键反应,这一新型反应类型引起了国内外同行的广泛关注。

回到北大后,我的角色也在发生变化:在科学上不断追求卓越的同时,我将更多的精力投入学生培养,与同学们亦师亦友,像当年教导和帮助过我的老师一样,努力帮助同学们实现各自的梦想。

第三,遵从本心,勇敢选择。

同学们,你们的人生在今天迎来了一个里程碑,即将开启一段新的航程。作为这一重要时刻的见证人,在与你们做交流与分享的同时,我也想与大家展望未来,送上临别赠言。

人生是场马拉松,请放眼远眺,遵从本心,勇敢选择最适合自己的道路。以从我实验室走出的本科生为例,他们有的已经获得了美国顶尖高校的博士学位,即将成为大学教授;有的一毕业就开始创业,这其中有一位最近还入选了"2018年福布斯中国30位30岁以下精英榜"名单。由此可见,对于成功的定义可以有很多种,做自己最喜欢最擅长的事,就是最适合自己的路径。

如果你已经笃定选择、蓄势待发,请排除干扰,跑好自己的节奏。苏炳添说得好:"世上总有你追不上的人,所以,专注按自己的节奏跑,就好。"同样的,在人生的马拉松里,也不妨忘记终点,享受过程,相信自己能把握好节奏。

「永远的校园」

对于即将走出校园的你们，外面的世界很精彩，但也令人眼花缭乱，你们可能会不断地面临选择与诱惑，并遭遇激烈的竞争与挑战。但在纷繁的选择面前，请选你所爱，不要乱了节奏；在各种诱惑面前，请爱你所选，不要丢了节奏；当遭遇失败的时候，请执着梦想，坚守节奏；当压力过大的时候，请保持冷静，稳住节奏。

"梦想总是比现实高一点点""不是现实支撑了梦想，而是梦想支撑着你的现实"。这是在座的同学们入学那一年，北大微电影《星空日记》中的两句话。为迎接同学们入校，当时我还在影片中客串过老师的角色。今天，在这里，我祝愿同学们依旧怀抱着在北大拥有的那些梦想，遵从本心，勇敢前行，在未来的道路上跑出自己的精彩人生！

最后，再次祝贺、祝福各位同学，老师们会想念你们！记得常回来看看，再见！

谢谢大家！

（在北京大学 2018 年本科生毕业典礼上的致辞）

何以讲良心？

贾庆国

（北京大学国际关系学院院长、教授）

毕业班的各位同学、各位家长和各位老师：

大家早上好！

今天我们隆重集会欢送毕业班的同学。首先，我谨代表北京大学国际关系学院全体师生，向今年毕业的同学们表示最热烈的祝贺！向今天获奖的同学们表示最热烈的祝贺！向所有把自己的孩子托付给我们学院，且一直以各种方式积极支持学院工作的家长们，表示最热烈的祝贺和最衷心的感谢！同时，也向这些年来为了今年毕业班的同学们在学院学习和生活付出大量心血的各位老师们，表示最热烈的祝贺和最衷心的感谢！

作为一个老师，和往年这个时候一样，我此时的心情很复杂、很纠结。既高兴，又感伤！高兴的是看到我们的同学们没有辜负家长、老师和社会的期待，顺利和圆满地完成了学业，即将走向人生的下一个阶段。感伤的是时间过得实在是太快，

「永远的校园」

刚跟一些同学熟悉，刚跟另一些同学认识，现在却要分开了！

作为院长，每年在毕业典礼上都要对同学们讲几句话。这几天我也一直在想，在今天的毕业典礼上我应该说点什么？过去几年，我在毕业典礼上谈过"爱国、关天下"的情怀、发挥引领作用的意涵、捍卫改革开放成果的意义以及心口合一、言行一致的需要。今天，我想就讲良心问题谈谈自己的看法。

我们常讲，做人要讲良心，但是，很少有人去追究良心的含义。什么叫讲良心？为什么要讲良心？怎么做才能叫作讲良心？讲良心是不是也要搞内外有别？为什么现在要强调讲良心？

什么是良心？我认为良就是好，就是善；心就是认识和感受。从这个意义上讲，良心就是对做人的操守和底线的认识和感受。在日常生活中，这个良心包括恻隐之心、羞恶之心、辞让之心和是非之心。

为什么要讲良心？这是因为人不是普通动物，人有情有爱有关怀，讲理讲德讲底线。讲良心是人类内心向善的体现。古人云，人之初，性本善，也就是说，每个人生下来就有对善的向往和渴望。只有做人做事讲良心，我们内心深处才能免除道德的困惑和烦恼，才能得到安宁和慰藉。

做人做事讲良心也是实现人生价值的前提条件。人活一辈子，如果能得到亲朋好友的欣赏和尊重，得到周围人的认可，遇到困难时，有人愿意伸出援手，机会来临时，有人愿意帮助得到机会，那么他就不会枉度一生，他的存在就有意义，他就会得到他应得的那份幸福。在这方面，只有讲良心的人才能做到这一点。

最后，做人做事讲良心不仅是个人的需要，也是国家和社会发展的需要。孟子说："恻隐之心，仁之端也；羞恶之心，义之端也；辞让之心，礼之端也；是非之心，智之端也。"也就是说，按良心做事是实现仁义礼智的基础和起点。如果仁义礼智能够实现，则有望民富国强、天下太平。

讲良心很重要，但怎么做才叫讲良心呢？我认为至少需要坚持做到以下四点：（1）己所不欲勿施于人；（2）待人要善；（3）为人要诚；（4）要讲是非。

所谓己所不欲勿施于人，就是不对别人做自己不想别人对自己做的事情，比如说排队加塞，不尊重他人的父母，不让人家讲话。所谓待人要善，就是要对他人要好，特别是对弱者要好些，绝对不能恃强凌弱。同时，在一般情况下，不管别人对你做了什么，尽量从好的角度揣测别人的用心，尽可能避免从恶的角度想象别人的动机。所谓为人要诚，就是做人要坦诚，不要说一套做一套，更不要作假撒谎。所谓要讲是非，就是做人要有原则，对的就是对的，错的就是错的，不要人云亦云，也不能因人而异，特别是对人对己要用同一个标准。

讲良心需要内外有别吗?有的人觉得,讲良心需要分人,对自己人要讲良心,对其他人无所谓,对外国人不需要。我以为这是不可取的,也是无法做到的。想想看,一个习惯了对他人恶语相向的人能对自己人客气友善吗?一个对他人满嘴谎言的人能对自己人推心置腹吗?一个在他人问题上是非混淆的人能够在自己人问题上是非分明吗?我觉得不能,除非这个人人格分裂。

为什么今天要特别强调讲良心?这是因为现在各种诱惑太多了,经济上利益的诱惑太多,政治上权力的诱惑太多,精神上出头露面的诱惑太多,在这些诱惑面前,一些人为了利益,为了权力,为了出头露面,不惜放弃做人的操守和底线,令人痛心。我希望和大家一起在这方面提高警觉,坚持取之有道,坚守自己良心的底线。

北大人素以以天下为己任著称,以敢为天下先为使命。作为北大人,我们就更应该做到做人做事讲良心。我认为讲良心既是我们做北大人的本分,也是国家和世界对北大人的期盼。

上面是我的几点不太成熟的看法。不妥之处,请大家指正。

亲爱的同学们,你们当中多数人就要离开学院了。在这个即将离别的时刻,我还想对你们说,不管你们在国关学院待多久,学哪个专业,读哪个学位,你们都要记住你们是国关人!国关人是什么?说到底,国关人就是亲人。做国关人是我们大家的缘分，我们都要珍惜这份缘分，珍惜彼此。希望大家保持联系，互相帮助。国关学院是大家永远的家！大家离开后需要学院做些什么，也希望告诉我们，我们一定尽力而为，也希望大家有时间常回来看看。

最后，再次祝贺大家！祝福大家！祝大家在今后的日子里身心健康、事业有成、生活幸福！

（在北京大学国际关系学院2018年毕业典礼上的致辞）

像追求阳光一样去追求正义

俞可平

（北京大学政府管理学院院长、教授）

亲爱的同学们：

令人激动的毕业季节又来临了，我谨以院长的身份向同学们表示最热烈的祝贺！祝贺你们圆满完成学业！愿每一位同学毕业后在各自的岗位上取得与众不同的出色成就，母校和母院将以你们为自豪。

我是一名政治学老师，总要强调政治学的重要性。亚里士多德说，在所有学科中，政治学是最重要的学科。我虽然已经不敢这么说，但我还是要说，政治学至少是最重要的学科之一。对于政治压倒一切的现实中国来说，尤其如此。因此，我总是想利用一切机会，多给同学们讲一些政治学的知识，从给你们讲第一堂课，直到最后的毕业典礼。每次毕业典礼讲话的主题，其实就是政治学的一个基本概念或基本价值。前年讲的是"公民"，去年讲的是"尊严"，今年我要讲一个更加重要的政治学概念或人类的基本政治价值,这就是"正义"。

作为政府管理学院的学生,无论你选学哪个专业,想必都认真读过政治学的一本经典著作,那就是柏拉图的《理想国》。记得去年同学们还以《理想国》为题拍过一部微电影,反响很好。《理想国》的核心概念是什么?你们一定知道,是"正义"。是的,不仅是《理想国》,**从某种意义上说,整个人类政治思想史,就是关于"正义是什么"以及"如何推进正义"的知识史;整个人类的政治进步史,集中体现为推进社会公平正义的历史。你们在校期间学到的关于政治学的基础知识,其核心内容之一就是"什么是正义",以及"如何捍卫和促进正义"**。

同学们,毕业之际也将是你们把学到的正义知识,转变成正义行动的时刻。我热切地希望,同学们毕业之后,像追求阳光一样去追求正义!

大家知道,正义的英文是"justice",它是政治思想史上最古老和最重要的范畴。其基本意义就是"做应当做的事情","得到应当得到的事物"。**柏拉图说,正义就是"智慧和美德",而不义则是"无知和邪恶"**。至少从柏拉图时代起,正义就被所有进步的政治家和思想家视为良政善治的基本属性,也是评价社会政治进步的基本标尺。

"正义"本质上是一个应然的概念。对于个人而言,正义就是每个人出于自身良知而产生的"应该做什么"和"应该得到什么"的道德命令。对于社会而言，正义就是每一个人都能够公平地获得其应该获得的事物。对于个人来说，正义是最大的"天理"；对于社会来说，正义是最高的"道义"。中国传统思想中的"天道"，西方传统思想中的"自然法"，都是人类正义的不同表述。正义是所有个人行为和社会行为最终的合法性来源，是评判个人和群体善恶的最高标准。

正义是人类的"至善"和"至美"。**亚里士多德说"正义集中了人类的所有美德"，"比日月星辰更加光彩夺目"。正义不仅代表了分配的公平和权利的平等，而且代表了个人的良知和社会的美德。正义不仅意味着个人权利的最大化，也意味着整个共同体公共利益的最大化。正义既代表了结果的公平，也代表了程序的公平。**一个正义的社会，就是一个美好的理想社会。

我们之所以要追求正义，是因为我们向往的理想社会，即个性充分解放，人人得以"自由而全面发展"的"自由人联合体"，是正义所要求的。马克思说：真正的自由和真正的平等只有在共产主义制度下才可能实现；而这样的制度是正义所要求的。

我们之所以要追求正义，是因为正义基于人类的良知和理性。人类的一切善行，无不源于其内在的良知和理性，而正义是其中最高的善。这种良知和理性，是人类区别于一般动物的根本所在，是人之所以成为人的基本品质。霍布斯说，正义集中了人类最大的良知和理性，是人类的首善。

我们之所以要追求正义，是因为正义也符合自然的理性，是自然秩序在社会领域的体现。埃德蒙·柏克说："有一种东西，并且只有这种东西恒久不变，它先于这个世界而存在，并且也将存在于这个世界自身的组织结构之中。它就是正义。"

我们之所以要追求正义，是因为正义也是立国之本。任何伟大的国家，只有从事正义的事业，才能对内得到人民的坚定拥护，对外得到国际社会的广泛支持。中国古代先贤强调"得道多助，失道寡助"，这里的"道"实质上就是正义。奥古斯丁也说，没有正义，就没有人民的共和国。

我们之所以要追求正义，是因为正义是人类文明进步的原动力，它为人类的文明进步指明了根本方向。汉密尔顿说："正义是政府的目的。正义是人类文明社会的目的。"人类文明的演进充满了罪恶和苦难，但无论多少艰难和罪恶都阻挡不住人类走向更高文明的步伐，这是因为人类自身有一种不可遏制的追求正义的内在冲动。

我们之所以要追求正义，是因为正义为人类评价自身的善恶提供了终极的道德标准。无论是自然正义还是社会正义，它们都是人类行为合法性的最终来源。正是因为存在着终极的正义标准，历史才可以最终判断个人的善恶，以及社会或政府的好坏。

虽然我们不能说政治思想家们已经穷尽了关于正义的所有

知识,但是可以说他们已经告诉了我们关于正义的基本知识。要真正实现社会的正义,具备正义的知识是必需的,却是远远不够的。只有将正义的知识,转化成正义的行动,才能最大限度地实现正义的价值。那么,如何才能使正义的知识转化为正义的行动,或者说,如何以正义的知识去推动正义的实践呢?

要有正义的行动,首先要有对人类正义的坚定信心,从而拥有一种内在的正义感。人类的进步与发展过程,是一个人性逐渐克服和战胜兽性的过程。毫无疑问,从历史的长河看,基于理性和良知的人性,压倒性地战胜了人类身上原本存在的兽性。尽管就某个局部或某个时期来说,社会进步的进程可能会暂时中断,甚至出现某种倒退,但是,从整个人类历史发展的进程来看,以及就某个国家或地区的长远发展趋势来看,人类趋向更加正义的进步过程是不可逆转的。因此,**要有正义必胜的信心,要深信正义的力量终将战胜邪恶,深信"多行不义必自毙"的古训。一个有正义感的人,身上会不断散发出理性和良知的光辉,会养成一种浩然正气,有道义的担当,从而拥有追求公平正义的不竭动力。**

要有正义的行动,必须坚守正义的底线。对于个人来说,诚信友善、不为五斗米折腰、尊重和包容不同观点、"己所不欲勿施于人"、富有同情心和责任感等,是正义的道德底线;尊重宪法和法律的权威、不畏权贵而敬畏法律、在宪法和法律的框架内活动、遵循法律面前人人平等的原则等，则是正义的法律底线；坚守民主、自由、平等、法治、公正等核心价值，反对专制独裁和等级特权，拒绝精英主义和民粹主义，则是正义的政治底线。

没有良好的制度保障，不仅公民合法的自由、平等和尊严等基本权利得不到切实保障，而且个人的一切正义追求也终将付诸东流。**制度的正义是人类社会最重要的政治正义，良好的政治法律制度是捍卫社会公平正义最有力的武器**。要使正义的知识转变为正义的实践，最重要的就是要努力推动政治体制的改革，坚决破除阻碍人民民主和政治文明的一切制度屏障，消除一切助长官员腐败特权的体制机制，建立公平合理的利益分配机制，用有效的制度去维护每一位公民的正当权益。

自己不作恶，也不给他人作恶创造条件，并且竭力阻止恶的发生，这是正义行动的基本要求。**一个正义之士，不仅自己要光明正大，行正义之举，而且当周边发生恶行时，也不应当无动于衷，而要竭尽所能去阻止恶的发生**。例如，当有人因为对企业和官员的正当批评而遭到跨界追捕时，当有人在讨回欠薪过程中遭到毒打时，当人们的人格尊严遭到暴徒的羞辱时，当正当的言论自由被粗暴地剥夺时，大家都应当挺身而出，发出正义的呼喊，采取一切合法的措施，阻止恶行的发生，让社会回归正义的轨道。

捍卫正义、伸张正义，要从自己做起。每个人都有权对别人和社会提出正当合理的要求，但要求别人做到的，自己首先应当身体力行。一个只对他人提出要求而从不要求自己的人，一个只喊空洞的正义口号而自己从不诉诸行动的人，对促进社会的公平正义无所助益。**要使正义的知识变成正义的行动，就要从自己身边的点滴事情做起：积极投身社会的公益与进步事业，拒绝与邪恶力量同流合污，自觉抑制周围的各种倒行逆施行为，帮助那些因伸张正义而受到打压的人，等等**。所有这些都是正义的善举。古人说"勿以恶小而为之，勿以善小而不为"，这同样适合于现代社会的正义行动。

同学们，将正义的知识，转化成正义的行动，是我们北大人家国情怀的具体体现。公平正义自古以来就是人类追求的普遍价值，更是社会主义的首要价值和核心价值。历史上，社会主义之所以有如此强大的号召力，就是因为它承诺要创造切实的经济和政治条件，使社会变得更加公平正义，使全体人民都能享受更加平等的政治经济权益。因此，没有公平正义，就没有社会主义。无论是"两个百年"目标，还是中华民族的伟大复兴，都必然包含着公平正义的要素。同学们在工作中为维护公平正义所做的每一件有益的事，实际上都是在为实现中国特色社会主义现代化强国做出自己的贡献。

最后，**让我把柏拉图在《理想国》中的一句话送给同学**

们,作为我对你们的祝福:"正义的人是幸福的。"衷心祝愿同学们毕业后为社会的公平正义做出更多的贡献,从而使自己的人生变得更加幸福!

(在北京大学政府管理学院 2018 年毕业典礼上的致辞)

望尽天涯路

认识北大、认识自己，健康生活、快乐成长

潘剑锋

（北京大学法学院院长、教授）

尊敬的各位老师，亲爱的各位同学：

大家上午好！

首先，请允许我代表北京大学法学院的全体师生，欢迎新同学的到来，欢迎大家加入北京大学法学院这个大家庭。欢迎你们！

欢迎致辞取了个题目，叫《认识北大、认识自己，健康生活、快乐成长》。之所以取这样的题目，是因为我觉得在接下来的一段日子里，乃至将来的所有日子里，这些字眼对你们来说都是最为重要的。

从今天起，也许准确地说，从你来北大报道的那天起，你就是北大人了，从此，你就被打上了北大的烙印：北大学生、北大毕业生、北大校友，等等。这些天你们是不是曾经想过"北

「永远的校园」

大,一个自己曾经十分向往但觉得多少有点可望不可即的地方,今天自己已经是这里的主人",是否有在未名湖畔悄悄地倾诉:"未名湖,我来了!北大,我来了!"总之,你已经与北大结缘,不管你是否愿意,今后你的生活从宽泛意义上讲与北大都是有关系的,你的一切,大致与北大都是脱不开干系的。为此,你可以感到很荣耀,但更应该感到是份责任!

"自己""健康""快乐",这些词所包含的内容的重要性,已经有许多人讲过并强调过,我即便说这些不重要,大家也不会同意的。

认识北大。北大之所以成为北大,是因为北大有全国最优秀的学生(天之骄子、才华横溢)、最有特点的老师(有独立性、善于思考、见解独到)、悠久的传统(思想自由、学风严谨、关心社会、热爱国家、有责任感和使命感)和美丽的校园(美丽而安宁)。

认识法学院。法学院有两楼一院(美丽、宽敞、全国法学院中最好的图书馆、功能齐全)、尽职尽责的老师(有学问的大师、爱学生的导师)、良好的氛围(充满学术氛围和人文关怀的大家庭),师生们热爱法学而对法律充满敬畏(研习法学、有规则意识、分析问题和表达意见逻辑严谨)。

认识自己。认识自己的身份是学生(以学为主、要经得起诱惑),北大的学生("学霸"、优秀、养成好的学习习惯、掌握基本的学习方法），法学学生（能力的培养：发现问题、分析问题、解决问题的能力，表达能力，文字能力），以及自己的特点（性格、爱好、适合自己的就是最好的）。

认识健康。要保持身体健康、精神健康、心理健康。积极锻炼身体，养成好的生活习惯。锻炼抗压能力，遇到困难不要怕：办法总比困难多；困难像弹簧，你弱它就强。

快乐是一种情绪状态，也是一种能力，要培养。要保持积极乐观的心态。人生不如意事十之八九，但生活总要继续。社会和国家在发展过程中，肯定存在这样或那样的问题，我们可以发现问题，并对落后的现象予以批评并提出建设性意见。但对社会不要有太多的不满意，更需要的是自己的努力。问题往往都是暂时的，无论是国家的还是个人的。现在看来是天大的问题，在国家发展过程中绝大多数最终都会得到解决，个人的问题等你过段时间再回头看，大多都是小问题。

学业上，大家要有个好的安排（时间上的安排、行动上的落实、效果上的追求）。人都是有惰性的，也多少会有畏难情绪，表现为不愿意干有难度的事、枯燥的事，愿意干轻松的事、自己感兴趣的事。但社会的发展不允许人们只干后者不干前者。所以，对一些自己现在不感兴趣而将来生活或工作需要的事，就要培养兴趣，比如学术，并由此掌握好的学习方法和养成好的学习习惯。你有好的学术功底、好的学习方法、好的学习习惯，加上你比一般人更优秀的天赋,在将来的竞争中,不胜出都难。

成长的过程,大致就是知识的增加、能力的培养、水平的提高的过程。但应当认识到,读的书多不意味着知识就增加了,而应该把问题消化了;取得学位并不意味着能力就提高了,应有意地培养自己发现问题、分析问题和解决问题的能力,并形成有益的价值观,这才是大学时期的重要任务;毕业了,并不意味着有水平,水平是能力的表现,同时,还是对心智开发的检验,是一种综合性的能力——智商、情商、知识、经验的全面体现。

因此,要把自己培养成有知识、有能力、有水平的人,大家应该结合自己的实际情况,制订好自己的学习计划,以健康和快乐的心态投入到火热的北大的学习生活中来,把自己逐渐培养成对自己、对家庭、对国家都有所贡献的人。

最后,祝大家在美丽的燕园、温暖的法学院大家庭中健康快乐地成长!

(在北京大学法学院2018年本科生开学典礼上的致辞)

不忘仰望星空

张立飞

（北京大学地球与空间科学学院院长、教授）

尊敬的老师们，亲爱的毕业生同学们：

大家下午好！

今天，我们欢聚一堂，在这里隆重举行北京大学地球与空间科学学院2018届毕业典礼。在此，请允许我代表学院全体师生对即将走出校门的毕业生们表示热烈的祝贺！同时，也向为你们的成长付出辛勤汗水、倾注无数心血的全体教职员工和各位家长致以崇高的敬意和衷心的感谢！

蓦然回首，岁月如歌。同学们青春最宝贵的记忆都与北大有关。

博雅塔、未名湖、图书馆、逸夫二楼，一届届地空学子把最美好的一段青春留在了未名湖水斑驳的倒影中，留给了逸夫二楼门前静谧的草坪。这匆匆几年，同学们作为中国最优秀的青年人，共同见证了APEC北京会议、G20杭州峰会和党的

「永远的校园」

十九大胜利召开的盛况。作为北大的主人,共同见证了屠呦呦校友成为首获诺贝尔科学奖的中国本土科学家;北大 41 个学科入选"双一流"建设学科,入选数量居全国高校之首。我们还共同迎来了北大百廿校庆,成为为母校双甲子诞辰庆生的最幸运的北大人。

这些年来,在全体师生的共同努力下,地空学院也取得了显著的发展。

我们地球科学学科是北大首批进入 ESI 全球 1% 的 8 个学科之一,根据 US News 2017 年度世界大学排名,在总数 22 个学科门类排名中,北京大学共有 17 个学科门类榜上有名,我院在地球科学门类位列全球第 17 名,成功超越了东京大学,成为亚洲第一;根据 2017 年的 QS 世界大学学科排名数据,北京大学地球科学排在 33 位,是目前内地唯一进入前 50 名的地球科学学科的高校。可以说,经过十余年的不懈努力,北京大学地球与空间科学学院已成为我国地球与空间科学人才培养的重要基地,在学科建设、人才培养和科学研究等方面都取得了令人瞩目的成就。

同学们,今天,你们从北大完成学业,也许从此就告别了学生时代。但是,你们要意识到自己作为北大地空人所肩负的历史使命。

就在 2017 年,由卢海龙院友领衔的科研团队在南海试采"可燃冰"获得成功,这标志着我国成为全球第一个在海域可燃冰试开采中实现连续稳定产气的国家。2018年3月,我院兼职教授张弥曼院士荣膺联合国教科文组织2018年度"世界杰出女科学家成就奖"。张先生在古生物学领域求索六十余载,致力于古鱼类学研究,她的原创性研究成果为脊椎动物由水生向陆生的演化提供了重要的化石证据,推动了人类对生物进化史的认知。

我们还欣喜地看到,在深地探测、深海探测、深空对地观测科技创新,以及北斗、风云、资源卫星系统研发中,都活跃着我们北大地空人的身影。这些令国人振奋的科技成就,离不开一代代地空人的接力奋斗。今天,**同学们从北大地空学院毕业,这也意味着你们将接过历史的接力棒,作为一名真正的北大地空人,继续为中国地球与空间科技发展和中国梦的实现努力奋斗。**

希望同学们坚持健全人格、完善自我,努力实现个人的全面发展。

党的十九大明确提出"要不断促进人的全面发展""中国梦"的价值维度就是要实现人的全面发展。同学们在离开校园后,周围的人和环境都会发生较大的变化,再到图书馆学习,或者到体育馆健身都不像在学校这么方便了。但我希望大家无论在什么环境下,都始终保持"勤奋、严谨、求实、创新"的北大

「永远的校园」

学风，做一个终身学习者，不忘初心、砥砺前行，用自身的全面发展，向社会传递来自北大的青春正能量！

希望同学们继续发扬"脚踏实地，仰望星空"的地空精神，为构建"美丽中国"和人类命运共同体，贡献北大学子的一份力量！

亲爱的同学们，未来几十年，你们将参与人类历史上最为激动人心的全球化进程，见证中华民族的崛起。希望同学们"以天下为己任"，把个人的发展融入国家民族发展的历史进程，为实现中华民族伟大复兴的"中国梦"而努力奋斗！

希望同学们常怀感恩之心，常思母校之情，没事常回学院看看。

今天你们毕业之后，就将成为地空学院院友会的一员。希望你们能与学院保持密切联系，继续关心学院建设，为学院发展建言献策。学院也会一直关注同学们的发展，为大家的每一点进步和努力鼓劲加油。

最后，祝愿同学们前程似锦！地空学院是你们永远的家！

谢谢大家！

（在北京大学地球与空间科学学院2018年毕业典礼上的致辞）

异曲同"工",勉励前行

张东晓
(北京大学工学院院长、教授)

亲爱的同学们:

祝贺你们圆满完成学业、顺利毕业!

此时站在这里,我百感交集。回首五年前,我从创院院长陈十一院士手中接过"院长"之职,仿佛只是弹指一挥间,又像是经历了一整场全新人生。当时我已做了一段时间的副院长、常务副院长,然而站在一院之长的立场上,我面对的则是前所未见的格局,担起的是前所未有的责任,从此紧迫感也与我日夜同行。

我总在不断地思考,怎样更好地建设工学院,更好地组建人才队伍、优化学科布局、扩展平台,以及在国家大力推行"新工学"的背景下,怎样更好地做好工科教育。这些,可以说是北大工学院必须面对的核心问题。

当时面临的非常实际的问题,就是建设新的工学大楼。现在,我很欣慰也很有底气地告诉大家,新工学大楼终于拿到施工许可、奠基,不再只是纸上构想的蓝图,而是已经拥有可期的雏形。

当然,在座的各位有一部分人今天起就离开工学院、离开北大了,无法在新大楼中学习和工作。但从此北大工学就有了自己的"根据地",当你们再以校友身份回来的时候,她会在这里张开双臂欢迎大家。

今天在这里,我以院长的身份,郑重地向大家表示感谢!

感谢你们,理解和包容学院建设的步调,在可能并不理想的学习、实验条件下仍创造了诸多科研与实践成果,有些同学可能在拥挤的实验室里度过了不止四年、五年,而是从本科到博士的漫长岁月。即便如此,你们仍继承了北大工学人不畏困境、"从无到有"的传统,以青年人的热情和乐观,描绘出了新工学人应有的形象。

工学院这几年的发展,不仅体现在新大楼上。我同样可以自豪地说,在重建基础上,我们一直保持着"高起点、高层次、高质量"的标准和要求,人才比例、人均科研经费、成果产出等方面在北大名列前茅。

在教育教学上我们也交出了理想的答卷。比如去年,工学院毕业生的整体就业率达到了98.98%,本科毕业生选择继续深造的比例达到了77%。硕士和博士毕业生无论是继续深造、做博士后还是就业，也都实现了自己的愿望。我们有本科毕业后四年就拿到美国知名大学教职的同学，有获得国内外重要奖项的同学，还有同学已经在创业方面取得了成就。国际交流方面，无论是三校联合培养博士项目还是 Globex 项目都在稳定发展和壮大，并收获了第一批硕果；去年还启动了北京大学"重大挑战学者计划"，围绕工程教育界提出的重大工学挑战进行科研与教育实践，这是个非常激动人心的、面向未来的项目，北大是第一个加入其中的中国高校成员。

总之，我可以无愧于心地说，学院始终将各位学子的成长放在第一位，尽最大努力来为同学们创造更好的条件和环境。从这个角度说，同学们和学院，包括我本人在内，这些年来是一同走来、一起成长的，并且也将继续向着我们的目标努力成长下去。

白驹过隙，时间不等任何人，离别时刻的到来除了伤感，更多的还是伴随着希望。在此，我只想以一些真挚的祝愿，与同学们共勉。

愿你们勤奋自强，不断更新和成长，在寻找梦想的路上认识自己；在成就梦想的过程中，完成对自己的定义。

愿你们在离开燕园之后，也拥有能结交终生的良师益友。 教育与学习并非只在校园发生，而是一个漫长的迭代过程，你们的学生身份并不会在今天终结，你们将活跃于更大的舞台。

「永远的校园」

愿你们不忘来路，不畏向前。坚守自我需要的是对真理的信仰，以及虽千万人吾往矣的勇气。勇于承担责任，敢于接受新的挑战，才能在各种潮流的冲刷下始终屹立。

愿你们中间出现先驱者，也出现守望者。我们的社会需要有人恪守职责，拒绝浮躁，成为"业界的良心"；同时"长江后浪推前浪"固然需要后起之秀的追赶，但我希望你们中间会有一批"前浪"，在前人未及的领域实现突破，成为人类下一发展阶段的先驱。

最后也是最重要的，**我祝愿大家在今后的日子里健康平安，生活幸福**。希望大家在内心深处铭记你们是北大工学人，无论将来身在何方，在工学院生活的时光都能成为你们人生中值得回忆和提起的经历，请记住：工学院始终期待着大家回来！

谢谢大家！

（在北京大学工学院 2018 年毕业典礼上的致辞）

拓宽人生的边界

李心雨
（北京大学数学科学学院 2014 级本科生）

尊敬的各位领导，亲爱的老师们、同学们、家长们：

大家下午好。

我是数院 2014 级本科生李心雨，很荣幸作为北京大学数学科学学院 2018 届毕业生代表在这里发言。

今天是我们毕业的日子，我们中的很多人就要离开这里，进入一种全新的生活。在这个特殊的时点，我想问自己，也想问在座各位一个问题——在北大数院这几年，我们有没有成长为我们想成为的样子？

成长于我，是一个对内认识自己，对外认识世界，并探寻如何与这个世界良性互动的过程。在数院这四年，在这几个问题上，我都有了越来越明晰的答案，也想在今天与各位分享。

刚来北大的时候，我对自己其实一无所知，喜欢什么，擅长什么，前途几何，我都不知道。于是我开始了很多的尝试——

「永远的校园」

我爱表达，就去打辩论，参加语言类电视节目；我想创业，就去修创业双学位，去初创公司实习；我想认识社会，就去社会实践，去和各种各样的人结识……这些活动都很有趣，给我带来了很多的快乐，可它们同时也让我很迷茫。

我发现自己很不"数学"，不符合我心中数院人的一切特质——我不够聪明，也不够努力，我渴望被关注，我向往掌声和鲜花，而数学是一条很艰辛且需要耐得住寂寞的道路。我好像不适合走数学这条路，可让我放弃，我又不甘心。那些做出一道题的兴奋，见到一个优雅证明的惊叹，那些顿悟一个定理后的通透，一旦领略过，真的很难舍弃。

我对此很无措，不知道自己该不该继续学数学，不知道自己未来的路。我开始观察，数学人究竟是怎样的。我发现我的同学们都有着不同的爱好，有的喜欢昆曲，有的投身公益，有的毅然从军，有的登上珠峰……数学人的生命以不同的方式精彩着。那些数学家也一样，他们有的嬉笑怒骂，向世界提出雄奇的猜想；有的稳重踏实，用最严密的证明，探寻数学的真谛。

其实学数学从来没有限缩我们未来的路，数院人也不是对我们的简单定义，而是给我们装备上智慧和勇气，让我们有能力去探索人生更多的可能，人生的路，越走越宽。

北大通识教育号召我们要"懂自己，懂社会，懂中国，懂世界"，在对自己有所认识之后，我开始思考这个世界的样子，开始想我该如何与这个世界相处。

大三暑假,我随校团委的一支实践团队,前往福建宁德进行扶贫调研。那是我第一次真正走进基层,有机会深入了解当地发展的种种困境。这次经历扩展了我对真实世界的认知,也让我陷入了深深的困惑。

我一次又一次地问自己:这个社会还有那么多亟待解决的问题,对此我能做什么?我所学的数学有什么用?该怎么用呢?

我向金融数学系的几位老师表达了我的疑虑。老师没有多说什么,只是开始带我接触数学应用的第一线,让我自己去看,自己去想。我发现好的医疗保险设计,能帮助大家提高防治疾病的意识;我发现学院在推进农业大数据建设,推动祖国第一产业革新;我的毕业论文是关于雾霾类天气衍生品设计的,好的金融产品对整个国民经济都大有裨益。

在这个探寻的过程中,我意识到我们在数院打下的所有数学基础,都有着非常了不起的应用。包括我在内,所有人都可以通过努力,推动这个世界往更好的方向发展。

在这个过程中,我也找到了我的数学路——我想走的路,就是继续探究自我、探寻世界的那条路。

我想让自己活得更丰富,我也想与各位一起,从这里出发,带着向世界提出猜想的勇气,带着推导的严谨、永不放弃的决心,去探索科学的奥秘,去寻找社会发展的方向。

「永远的校园」

今天,我们就要从北大数院毕业,继续我们的人生旅途了。希望我们都能穷此一生,拓宽自己人生的边界。也相信作为北大数院 2018 届毕业生的我们,将在未来的几十年里,通过我们的努力,为社会带来更多美好的可能,拓宽社会的边界!

谢谢。

(在北京大学数学科学学院 2018 年毕业典礼上的致辞)

生科不败，千秋万代

吴 虹

（北京大学生命科学学院院长、教授）

亲爱的同学们，尊敬的老师们、家长们、嘉宾们：

首先，请允许我代表生科院的全体教职员工向圆满完成学业、即将离开燕园的110位本科生和85位研究生致以衷心的祝贺！对所有获奖的同学致以衷心的祝贺！

祝贺你们从北大生科院毕业，祝贺你们在燕园度过了你们一生中最宝贵的时光。在燕园的日日夜夜，也许你们苦闷过，兴奋过，消沉过，也幸福过。你们之中，有的人潜心科研，厚积薄发；有的人热心社会实践、公益事业、社团活动；还有人积极创业，在新的领域一展宏图……今天，作为生科骄子的你，将在亲人们、老师们的注视下接过北京大学的毕业证书，你们的一生也必将与生科，与北大，与燕园联结在一起！

你们刚刚高喊"生科不败，千秋万代"！这也是我最喜欢、最引以为自豪的口号。但生科之所以可以不败，可以千秋万代，

「永远的校园」

源于生科师生九十余年的不懈努力,在逆境中的坚守。作为生科大家庭一员的你,是否能够把握机遇,迎接挑战,实现自我呢?

我希望你们认认真真地做人。今天,你们是天之骄子,各自精彩;明天,你们将会走出校门,迎接你们的将会是一个崭新的、复杂的、充满挑战的社会。做最好的自己,走自己的路,守住自己的底线。北大所培养的不仅是具有独立思维、开创精神和勇于面对挑战的人才,同时也是具有独立人格、同情心、社会责任感和敢于担当的合格公民。

我希望你们认认真真地做事。要用自己的智慧、能力与付出,赢得信任与尊重,而不是依仗北大的一纸文凭。"业精于勤,荒于嬉;行成于思,毁于随。"这一直是我的座右铭,现在我将它送给你们。厚积而薄发,机遇总是留给有准备的人,而挑战正是科学发展和人类进步的源泉。

我希望你们养成终身学习的习惯。北大所给予你的不仅仅是知识,更重要的是当你忘却了在学校所学的一切之后,还具备的对于未知世界的好奇心、学习能力和创新精神。

我希望你们对爱你们的父母和老师怀有一颗感恩之心。正是他们的无私付出造就了今天的你。

我们在这里送你们远航,预祝你们活出各自最充实、最精彩的人生。今天你们为从生科毕业而骄傲,明天生科一定会因为你们而自豪!

谢谢大家!

（在北京大学生命科学学院 2018 年毕业典礼上的致辞）

北大生活三要事

李本纲

(北京大学城市与环境学院 2018 级班主任)

新同学们:

大家下午好!

作为新生班主任代表,再次热烈欢迎同学们加入城环大家庭!

今年是我第七次在北大城环做新生班主任,但还是第一次代表新生班主任发言。今天,我想跟同学们分享我认为在北大的学习生活中可能比较重要的三件事情,也可能是同学们大学生活第一年的三项基本任务。

第一件事,是通过大学第一年的学习和思考,确定自己的专业方向。

大家才刚刚完成自己高中阶段的学业,来到城环。如果问为什么学环境科学、城乡规划,你们可能并没有很清晰的答案。也许,仅仅是对某个专业感兴趣,而不是真的有兴趣。多接触、多了解，从理论上讲，不是坏事。城市与环境学院，有环境科学、生态学、自然地理与资源环境、城乡规划、人文地理与城乡规划五个专业，从微观到宏观、从自然到人文、从城镇乡野到家国天下，够你们了解的。

我有时在想，如果就是凭直觉或被动地选一个专业，又会如何？比如你学了环境、生态、地理、城规，成了一名普通的或者优秀的环境科学家、生态学家、地理学家、城市规划师，这样的职业，也足够让你过上体面的生活，为自己、为家庭、为社会做出持续的贡献，甚至获得很高的成就和荣誉。就算你日复一日所做的事情不是你最热爱的事情，也不算天塌下来了吧。前不久，看到过一篇文章，是中国地理学会理事长傅伯杰院士写的，说到四十年前，他选的是自动控制、无线电，最终却是地理选择了他。

至于你内心想做的是什么，有那么重要吗？

我想说，这非常重要！要做就做自己最有热情的、最向往的。因为只有你做的事情是你的心之所属，你才会快乐、开心、幸福！与快乐、开心、幸福相比，成就、地位、荣誉真的没那么重要。

我一直以来都认为，学习好、出类拔萃，如你们一样，最主要的收获就是你们比别人多了选择的机会。你们通过自己的刻苦学习，争取到了选择的权利甚至特权，但是却缺少人生经验、不知如何选择，所以你们的焦虑和犹豫不可避免。

然而，没有了选择性，也就缺乏了学习的主动性。毕竟人总是喜欢买东西，而不是被推销东西。那么，如何通过大学第一年的学习和思考，做出合理的选择呢？

我想，选择的第一要素，还是自己擅长。比如你对数字一点也不敏感，却一定要去学计算机、学经济、学大数据，结果一般都不会太理想。选择的第二要素，是策略。现如今，开明的家长多起来，鼓励孩子按兴趣选择专业，给孩子宽松的环境和充分的自由，是家长给予孩子宝贵的成年礼。这里有一个简单的三分之二时间窍门：比如你需要在十个月的时间内做出选择，你可以花六七个月广泛了解，多看多想，确定你最具倾向性的初步选择。之后的两三个月，就是简单淘汰。也就是说，你只拿新的想法跟这个初步选择做比较，最后的选择基本上是比较合理的，这个选择过程也会是比较有效率的。

做出选择，然后投入去做一件事情，终其一生，做你自己想做的，你终将成为你自己想成为的那样的人。心之所属，应该是快乐、开心、幸福的。但如果随遇而安不去尝试，那只能祝你好运。

第二件事，是利用北大的优质资源，丰富和充实自己的大学生活。

北大之所以在大家心目中是殿堂级的存在，有一个很大的原因是这里的学生都是万里挑一的青年才俊。极端地假设一下：

如果北大只有学生没有老师，会如何？我想，四年之后，这些同学依然会很优秀；若干年之后，这些同学依然会在各行各业、在社会、在世界上叱咤风云、独领风骚。

我觉得，同学们的互相学习比课程学习甚至更重要。想一想，一群年龄相近、智力相当，并且有各自性格和思想的优秀青年在一起，四年时间，长期互动互学，有什么是不可能的？不过，有调查显示，北大清华的学生参加课外活动的时间不到10%，每周不超过6个小时。大部分时间要么忙于学习，要么自己跟自己待着。我想，这种情况下，即便是进了北大清华，也只会变成书虫或非常自我的人，如何担当起社会与时代赋予的责任？所以，挤出时间来，多参加课外活动、集体活动，多跟自己的同学们在一起，不知不觉中你会有极大的收获与提高。

刚才那个极端假设，其实是不成立的。因为北大有老师，有九千多名老师，其中很多是大科学家。同学们可以近距离地聆听这些老师的授课和讲座，平等地和这些老师交流讨论。通过听课打下坚实的专业基础，通过讲座了解学术最前沿，通过交流讨论分享老师们的人生感悟，你们是非常幸运的。调查显示，伯克利的高年级本科生平均每周会花8个到10个小时去听学术报告或者参加其他形式的学术交流。据我所知，即便在中国的最好的大学里，本科生听学术讲座的比例也并不高。有一套书，叫《在北大听讲座》，所收文章皆为著名专家学者、社会名流在北大的精彩演讲。这些演讲有学理、有哲理、有思想、有智慧。近水楼台先得月,你们没道理不好好利用这样的优质资源。兴许,未来的某个时候,你曾经在北大听过的哪个大师的讲座,会使你脑子突然闪现那道灵光。

集体活动需要时间、课外活动需要时间、听讲座也需要时间……那学习怎么办?绩点怎么办?所以我顺便说说自己对大学学习和绩点的看法。

北大的学生,毕业学分要求一般是145分左右,大四课少还要做论文,大学前三年每学期应该修20—25个学分才能完成教学计划,也就是每学期10—13门课。这还不包括辅修双学位之类的。这些数字仔细想想其实是相当夸张的,一周下来,课程排得满满的。过多的上课时间使得学生们复习、思考、研究的时间变得很少,课外活动的时间更是少得可怜了。

课多也就罢了,我们的课程考核中,考试成绩一般占60%或更高,学生们还特看重绩点,因为跟评奖评优保研出国都挂钩。看重考试、看重绩点,在北大是普遍现象。有些学生压力巨大,甚至到了考前紧张得失眠。过分看重考试成绩,使得学生们无暇顾及考试以外的事情。无论课内课外,对于与成绩无关的事情,都没什么积极性。这结果就不用我再展开说了。但对于用人单位而言,综合素质、专门技能、团队精神、领导力、智商情商,都比大学学习成绩重要。

即便如此，北大每年毕业的几千名本科生，依然非常优秀。这在很大程度上是学生们自觉学习的功劳，他们在努力从各种渠道学习，向不同的人学习。我想说的是，看淡绩点、多些思考、多听讲座、多些自主学习、多些相互学习，你们的大学生活会更加丰富和充实。

第三件事，是在自己的血液中融入北大精神，学会辩证思考和批判思维。

什么是北大精神？**《北京大学章程》概括明确，要"继承爱国、进步、民主、科学的光荣传统，弘扬勤奋、严谨、求实、创新的优良学风，秉承思想自由、兼容并包的学术精神"。**同学们可以百度一下"北大精神"，仔细读一读不同时代不同特点的北大人的诠释，作为自己大学时代的第一节自修课。读完之后，你们会清晰地意识到，北大精神不仅关乎个人的高尚追求，还关乎社会和民族的精神追求。

思想自由、兼容并包，是蔡元培校长提倡的北大精神，也是北大的生命线。我个人的理解和感悟，用大白话说就是辩证思考和批判思维。这些年，北大在提倡通识教育与专业教育相结合。其实通识教育（国外叫博雅教育）和专业教育是两个反向的东西。专业教育是培养工具型的人，如工程师、医师、会计……通识教育则是要培养对社会和世界有相当理解的完整的人，是社会的主人……通识教育和专业教育相结合，我个人的粗浅理解，其实就是传授知识的同时，教会学生如何发现问题、提出问题、创造新知识。具体地说是三方面，一是拥有广博的知识与可转化的技能，二是有强烈的价值观、伦理观念和投入社会的精神，三是对重要问题有进行辩证接触与思考的能力。

讨论、交流、共同学习，才是开启辩证思考的捷径。只要你提出一个合理的质疑，我随时准备改变自己的想法；只要你提供一个有力的论证，我随时准备改变自己的观点。如果上课时，学生如此，老师也如此，不知不觉中，一个会思考的老师，就会把一群"无知"的学生引导成为一群会质疑会思考的学生。

出于对知识的尊重、对老师的尊重、对权威的尊重，学生不敢质疑，老师则不习惯被质疑，这是最大的困难。这时候完全开放的心态非常重要。学生要想有效地参与讨论和辩论，需要提前的知识准备，需要较为深入的思考，这是一种主动学习的模式，而不是被动灌输的学习模式。动脑子、勤思考，明确自己到底想知道什么，然后听课、讨论、总结。这样的知识才是自己的，才不会很快就还给老师了。其实，老师在和同学们的交流讨论中，为同学解惑的同时，也能对某些问题有更全面、更科学的认识，这就是进步，对老师而言其实也是一种提高、一种收获。

无论是学习还是研究，都需要学会批判思维。怀疑，是科学的基本思维模式；批判，是科学的基本方法。不仅仅是怀疑和批判别人的观点，也包括怀疑和批判自己已有的认知。当你怀疑自己有可能是错的，你才会尊重和平等地聆听其他人不同的见解。

想要论证自己的观点是否正确，最有效的办法是找跟你意见不一致的人讨论，通过别人展示的论据和观点，来检验自己的观点和认识。长期下来，批判思维就会内化为你的习惯。即使走出校园，你也会对不同意见保持开放，你才能在面对别人的论据和论证时，保持积极修正自己认知的能力。这才是通识教育的目的所在。吾日三省吾身、兼容并包、求实创新，其实说的是同一个事情、同一种精神，也就是科学精神。

前面说的这些，就是我认为重要的三件事，也是对同学们的三点希望。当然，在学院的支持下，班主任们会努力为大家做好服务和组织工作。我们会组织各种形式的专业介绍和专业交流，辅助同学们做好专业选择；我们会组织各种集体活动和课外活动，为同学之间的交流以及与老师们的交流创造机会。至于北大精神的感悟和习惯，则只能靠同学们自己了。

我的发言啰啰唆唆，感谢同学们的耐心。祝同学们在北大、在城环的学习和生活顺利、进步！

谢谢大家！

（在北京大学城市与环境学院2018年开学典礼上的致辞）

万物高贵,各自生长

刘 俏
(北京大学光华管理学院院长、教授)

亲爱的同事,尊敬的各位亲友,亲爱的同学们:

首先,请允许我代表光华管理学院的全体教职员工,衷心祝贺2018届所有的毕业生!你们多年的辛勤努力和你们家人长年累月的支持,使你们取得今天这样的成就。祝贺你们!

毕业意味着暂时的告别。燕园数载,大家经历了或从容或慌张的旅程,留下了也许是嚣张轻狂也许是战战兢兢的印记……就在大家带着愉快或是不愉快的记忆,确定或是不那么确定的心情重新出发之际,因循惯例,我代表母校,也作为一名教师,给大家一些叮嘱和祝福。

我不祝愿大家都获得世俗意义上的"成功"。

我对北京大学光华管理学院教育的价值充满信心。大家在学校所学的知识、培养出的自信、形成的社交网络已经让大家在通向所谓"成功"的赛道上占有先机。但是,成功具有多个维度的含义，不同的人自然有不同的理解。我们甚至不能为它找到适当的度量。

用生活置换财富算是成功？出于更为功利的目的牺牲灵魂是否也是成功？遵循内心的呼唤，执着于自己真正热爱的事情，在自己认定的成长方向上"甘于平凡"，这难道不算成功？事实上，定义"成功"本身就是一个伪命题。大学教育的本质从来就不是帮助大家获得世俗意义上的成功。大学教育的核心在于培养视野、格局和批判性思维，寻找内心的激情，培养科学理性的思维模式和分析问题的框架体系，为生命的成长确定方向。

但我祝愿大家能够一直成长。

我们生存的世界正经历着急剧的变化：发展不平衡、对环境和资源的过度开发、收入不平等、社会阶层固化等结构性问题，严重挑战着我们赖以为荣的经济增长模式的合理性；人工智能、基因和纳米技术等不可避免地改变着人类的生活方式和命运——计算机和生命科学技术等正在改变着我们对自由意志、道德规范甚至文化、艺术等各种事物的理解；泛滥而随意的信息获取与交流，碎片化的知识、似是而非的观点、林林总总质量不一的思维泡沫挑战着我们赖以生存的理性和智慧；在全球治理的巨大变化和新技术的强烈冲击下，我们变得惊慌失措，开始毫无依据地挑战人类业已形成的那些对穿透时间、具有普适性的规律的基本认知，对知识界甚至对科学理性精神本身产生了巨大的怀疑……

面对时代大潮的冲击和裹挟，一直成长是我们能够做出的最好回应。个人或组织都需要成长。"成长"或是"没有成长"是我们这个时代度量时间的唯一方法。

怎样才能一直成长呢？

真正的成长，意味着拥有明确的自我进化的方向，不断自我改进，坚定地将推动自我进化的力量和推动人类社会进化的力量结合起来。

这需要我们坚定地去培养自己的科学理性精神。我们生存的时代正经历一场对科学理性和普世规律的信任危机。剧烈变革下，我们张皇失措，主动或是被动放弃独立思考的能力，将思想自由拱手让出，通过形形色色的"屠龙术"和"炼金术"重构对世界的认知。混沌时代，我们更需要清醒地认识到我们最大的希望在于我们向往的未来，而建立科学的思维方式是我们能够不断生长的原动力，是我们成为一个合格公民的必经之路。带着好奇心、开放的心态、包容的精神和自律去追求真理；通过更为系统、注定辛苦的思考而不是知识的积攒去深入理解事物背后的本质；提出问题，通过不断的检验和事实观察去建立对本源和普遍性的理解。怀疑精神和批判性思维让我们活在一个更大、更包容的世界里。致力于追求真理但宽容异见的科学精神真正展现着人类这一物种的成长之美。

不断成长,需要我们知行合一,始终保有出发的勇气。就像约翰·缪尔(John Muir)在《夏日走过山间》中所说的那样,"群山在呼唤,我必须出发"(The mountains are calling and I must go)。

在传统秩序遭到颠覆、核心价值逐渐式微、原有世界分崩离析之际,我们更需要保有自己最初的梦想,并和有梦想的人在一起,坚定地捍卫自己的使命。用思想、声音和行动去做出改变。摆在我们面前的是无尽的挑战,带着善意和同理心,捕捉我们身边温暖的瞬间及其带来的启示,行动起来,参与到实践中。任何微小的行动,都有摄人心魄的魔力。约翰·缪尔在同一本书中写道:"虽然他形单影只,但是世界因为他的存在而丰腴。"

若此,多年以后,在我们回首自己"一百万分之一的人生"时,就能满意地发现,我们一直在成长,我们一直在以各自或宏大或细微的方式,改善着自己和身边人的生活。

万物生长,各自高贵。波诡云谲的大时代迎面而来,这是由你们来定义的时代!关于未来的答案其实隐藏在现在!

最后,送给大家几句鲍勃·迪伦(Bob Dylan)的歌词,祝愿大家一直成长!

「永远的校园」

> 赶紧来吧
>
> 作家们、批评家们
>
> 所有用笔预测未来的人们
>
> 睁大你们的眼睛
>
> 像这样的机会稍纵即逝
>
> 但别盖棺定论得太早
>
> 因为时代的车轮还在旋转

再次祝贺大家!

(在北京大学光华管理学院 2018 年毕业典礼上的致辞)

看到不一样的人生风景

贺灿飞

（北京大学城市与环境学院院长、教授）

2018级新生同学们：

大家下午好！

今天，我们在这里隆重举行城环学院2018级新生开学典礼，虽然你们昨天有个更为盛大的开学典礼，但我还是希望代表学院全体师生，热烈欢迎95名本科生、80名硕士生和55名博士生，欢迎你们来到北京大学，来到城环学院这个大家庭！

同学们在这里实现了学业的升迁，登上了北京大学这样一个宽广的平台，人生即将开启新篇章，我向你们表示热烈祝贺！新篇章有新蓝图，期待新手笔。尤其是我们本科新同学们刚经历过伏案苦读的中学时代，进入大学你该站起来环顾四方。站得高才能看得远，毫无疑问，北京大学一定能够让你站在高处环顾四周，看到不一样的人生风景。

「永远的校园」

北大素来以兼容并包的传统承载着中国人的梦想,高尚的思想追求与强烈的现实关怀是北大人的基因。

"眼底未名水,胸中黄河月",这句歌词特别适合我们城环人。我们研究山川平原,城镇乡野;我们关心环境变化,社会变迁。锦绣河山展于脚下,人文城市绘于手中。经过几代城环人的努力开拓,如今学院已呈现出地理学、生态学、环境科学与城乡规划等文、理、工多学科交叉的学术面貌。在过去66年的发展中,城环学院见证了大量学生成为国家栋梁,诸多教授成为学术大师。今天,我想给在座的新生们,尤其不少"00后",讲一讲学院两位老先生的故事,希望同学们从他们身上切实感受到杰出城环人的精神,以兹砥砺。

侯仁之先生是我国历史地理学的开创者之一。侯先生的学术体现了地理学研究的两个重要特征:"一、直接面对大地的基本精神;二、古今一体的完整关怀。"

侯先生著有一本小书《燕园史话》,讲述了北大校园的历史变迁,旁征博引,诗史相证,图文并茂。从中我们看到未名湖北岸的朗润园、镜春园、鸣鹤园都曾经是富察·傅恒(《延禧攻略》男主角)的私邸;西南门附近的勺园,是225年前英使团马戛尔尼觐见乾隆皇帝时的驻地。大家如果想深入了解我们脚下这块土地上的一石一柱,建议去阅读《燕园史话》。

侯老生于1911年,2013年辞世。他漫长的一生,经历了中国近现代许多重大历史时期：生于辛亥革命推翻帝制的当年；长于大师云兴霞蔚的民国，受教于史学家顾颉刚和洪业门下；经历了日本侵华战争，因为掩护燕京大学的学生西进而被日军逮捕入狱，在狱中与日军周旋；二战结束后他赴英留学，听闻新中国成立，坚定选择回国报效；后便一直任教于北京大学地质地理学系，并与梁思成、林徽因一起参与北京的城建规划，经历了跌宕起伏的"文化大革命"、改革开放与互联网时代。

他所经历的时代跨度不可谓不惊人，一生的动荡飘摇和危难境地是我们现在的年轻人很难想象的。**他曾总结："少年飘零，青年动荡，中年跌宕，老而弥坚。"在这个过程中他从不屈服逆境，勇攀学术高峰，成为中国地理学发展史上里程碑式的人物。回顾自己的人生，他说："平生最爱夕阳晚，坐听涛声到黄昏。"**

侯先生的治学历程由史学发端，渐次转入注重实地考察的地理学，他喜欢走向大地，将历史与大地结合到了一起。他认为，这门学问，乃是又古又今之学，是需要读书和行路的。"千古文人侠客梦，更何况从事历史地理研究，大自然就是我的工作室。"作为地理学家，六十年的野外考察生涯，多次远赴西北沙漠，在茫茫沙海中，开辟了历史地理学研究的一个新领域——沙漠历史地理学。他徒步考察北京的山川水系，对北京的研究

「永远的校园」

重现了这座古都昔日的历史文化,唤起了这座城市更加丰沛的历史记忆。为了保护北京最初生命的印记——莲花池,侯先生亲自奔走疾呼,将北京西站的最终方案东移了100米。

在《北平历史地理》一书中,侯先生引用古今中外文献几百篇,用炭笔和彩铅亲手绘制插图五十余幅。侯先生的研究从河湖水系、交通区位等地理特点入手,结合文献考证、实地调查,吸收考古学、建筑学的理论与方法,揭示了北京城市起源、城址转移、城市发展等一系列客观规律,成为北京旧城改造、城市总规、历史遗产保护的重要依据。当时,尚无电子资源与检索工具可供利用,也无地理信息系统或遥感影像等科技手段可以辅助,侯先生在著述此书时,纵览中国典籍记载,横贯各国学者对北京的研究,循祖先足迹实地考察,对比思辨,伏案制图,科学与美观并重,付出的努力令人叹为观止!**就算年岁已高,他也不曾停下脚步,他在九旬高龄时写道:"我虽不能'奋蹄',但还可以慢慢'走'路,庶几可多干点活……总之我还要平淡充实地继续工作下去。"**

侯先生一生受顾炎武"经世致用"思想的影响,在青年时就抓住了他立志要献身的事业,那就是面对现实、潜心学问、服务社会,为还处于萌芽的中国现代历史地理学做出自己的贡献。他曾告诉自己的学生,"职业不过是求生的手段,生活的重心却要在事业上奠立"。同学们,我希望,你们也能够拥有侯先生这样的"士气",有崇高的志向,献身一份利国利民的事业,并为之努力终生,超越自我,实现人生最大价值。

侯先生是明知"去日不可追",而用一生来追寻历史地理。另一位崔之久先生,是明知"高处不胜寒",却将一生的热情投入到高寒冰川。冰川是神秘苦寒的,孕育着大江大河,对人类的认知是艰巨的挑战。崔先生在一生中将生死置之度外,矢志不渝地致力于高危的冰川研究。

今年5月央视《朗读者》节目曾邀请崔先生出镜。他是新中国培养的第一代地貌学家。崔之久先生是1933年生人。在北大读研期间,适逢全国总工会组建贡嘎山登山队,需要研究地质、气象和冰川的人才,他毅然报名参加。有"蜀山之王"之称的贡嘎山是一座极为危险的雪峰,一方面其攀登难度远高于珠穆朗玛峰,另一方面当时有关冰川和高寒地区的知识实在匮乏,登山队亲历了雪崩、风暴、滑坠、冻伤……相继有4位队友不幸牺牲。接连遭受打击和不幸,面对九死一生的恶劣环境,崔先生依然秉持过人的勇气和强大的信念,坚持完成了任务,并在回校之后发表了我国第一篇研究现代冰川的论文《贡嘎山现代冰川的初步观察》,文章的副标题是"纪念为征服贡嘎山而英勇牺牲的战友"。这篇论文后来成为《地理学报》创刊以来被引用最多的文章之一。

这次攀登和研究是崔先生一生冰川研究的开端。崔先生说,

「永远的校园」

贡嘎山也改变了他的学术人生,从此他的研究方向由黄河转向冰川。作为一个学者,多年专注工作在专业上抵达的深度和积累的自信,让他常常能够在专业领域发表真知灼见。在崔先生看来,所谓改造大自然的行为和想法,是十分滑稽的。人类的力量在大自然面前十分渺小,一旦利用不当,就有可能付出巨大的代价。

几十年来,崔先生的足迹遍布五洲三极。他的专著中汇集了近两百幅彩色照片,大多数系他本人所摄。这些珍贵的野外记录足见他的研究所达的深度和广度。**他说:"地貌学是一本打开的书,野外工作就是在读书,室内分析、资料查新、年代测定则是思考、总结的过程,'读书—思考'构成了地貌研究的全过程和全部乐趣。"**

他在年仅25岁时,就被冰川吞噬了右手五个手指和两个脚趾,损伤了面部神经,落下了严重的雪盲后遗症……可是他说,他残损的手掌和疾患并不影响他继续搞科研,他从未想过放弃研究冰川。对真理的渴求,对已牺牲战友的精神的传承,使他无数次面对死亡,都无所畏惧。他曾说:**"没什么好怕的,如果死,我想死在冰川上。"**年至耄耋,他又说:**"我怕死,我怕死在病床上,我怕死得不值得,我应该像一个勇士,死在去科考的路上,死在冰川上。"**

2007年,72岁的崔先生和几位幸存的战友相约回到贡嘎山——50年前发生雪崩山难,夺去4条生命的山谷,漫山遍野开满了野花。崔先生一行大声呼喊着遇难战友的名字,在雪山前祭奠他们。回来以后,崔先生感到了安宁,他说:"其实这么多年我一直觉得,我走了那么多雪山冰川,把考察的资料带回来,就算是帮战友们完成心愿了吧。"

同学们,我们每个人都要有一份支撑自己一路前行的勇气,它可以是一个承诺、一次嘱托、一个渴望、一份情怀。它不仅仅是你毕生的事业追求,更是事关整个人生幸福的世界观、价值观,而对于这种信念,它的寻觅、它的形成,大学阶段的经历尤为关键。

崔之久先生正是在北大读研时,由贡嘎山之行确立了一生的冰川研究方向;侯仁之先生也是在燕京大学求学时发现自己酷爱旅行探索,格外推崇徐霞客,逐渐由历史转向地理,并开辟出历史地理研究的路径。**北大为同学们提供了独特的平台和丰富的资源,但是毕生追求和信念的获得,要靠同学们自己主动出击、不懈探索、勇敢争取。**

走入城环学院这个大家庭,学习和研究是大家本阶段的主业,或许也是一辈子的事业。除了希望你们在北大期间,有意识地去培养我们学科独特的批判思维、综合思维、空间思维等,我还要重提乔布斯的名言:"Stay Hungry, Stay Foolish"。我想加一个"Stay Real",保持饥饿、傻气与率真,与大家共勉。

「永远的校园」

我们中国人早就知道保持一点饥饿对于健全生命力是有益的；Stay Hungry，保持求知渴望，像本能的饥饿一样去觅食，对学习和研究怀有充分的动机，从而得到十足的快乐，同样是获得进步的原始力量。

"人类社会没有什么终极目的，有的只是进步。"这个进步就依靠着知识的不断积累。崔之久先生说："从事冰川研究就像和虚空对话，面对大自然摆下的无声谜题，用人类的智慧去推敲谜底。"世间学问，都是面对虚空的探索。面对虚空可能会寂寞胆怯，但如果对知识的匮乏格外敏感，对未知的求证如饥似渴，时刻保持前瞻性的瞭望，就会在学习中葆有血气方刚的冲动和生机勃勃的状态。如尼采所说："在世人中间不愿渴死的人，必须学会从一切杯子里痛饮。"求学的人就应该做在知识面前不愿渴死的人。以空杯心态，痛饮狂欢去冒险启航，平淡人生有英雄梦想。

梦想的抵达需要强大的执行力，Stay Foolish，Stay Real 是对于执行的建议。

傻气，真实，很多时候互为表里。傻是坚持，是专注执着，矢志不渝。因为傻，便不精明，少计算，不耍花招，不投机取巧和弄虚作假，表里如一的真实真诚。做人讲究真诚直率，做学问要求真实，来不得半点虚假。率真的人多少有点憨味，带点傻气。罗曼·罗兰说："一个勇敢而率真的灵魂，能用自己的眼睛去观照，用自己的心去爱，用自己的理智去判断。不做影子，而做人。"率真就是做自己，遵从内心。侯仁之先生称自己对于北京的感情是"知之愈深，爱之弥坚"。我们知道真爱是无条件地付出和不求回报，那么哪有真爱不透傻气？真是可贵可爱的，傻是大智慧。《射雕英雄传》中的郭靖挺傻的吧，最终成为侠之大者。

侯仁之先生曾在1944年勉励学生："应该抓住一件足以安身立命的工作……可以忍饥，可以耐寒，可以吃苦，可以受折磨……这就是中国读书人所最重视的坚忍不拔的'士节'。"所谓士节，在鲁迅先生笔下就是明贬实褒的"迂"。崔之久先生因为冰川而断指伤眼，有人劝他改行，可他就是跟现实较上了劲，这是否也是"士节"的坚守呢？所谓择善固执，杜绝盲从和人云亦云，不管别人说什么都要坚持下去。倔强、笨拙地去做内心热爱的事情——因而率真，因而成就。

同学们，今天是你们灿烂人生的新开始。青春是伟大的财富，好奇心和饥饿感点燃了进步的热情，择善固执是制胜的法宝，过去的你们，已经用努力和汗水攀登上了人生的一个小高峰，但前面，还有更大更险峻的山峰等着你们！希望在今后的几年时光里，你们能传承先辈精神，铸就精彩人生。

学院的每一位老师、学长，都将关注你们，无论何时，学院都是你们前进道路上坚强的后盾！

「永远的校园」

让我们一起出发吧!

谢谢大家!

（在北京大学城市与环境学院2018年开学典礼上的致辞）

为伊人憔悴

不忘初心，无惧未来

杨济泽

（北京大学物理学院 2018 级本科生）

尊敬的老师、亲爱的同学们：

大家好！

我是来自物理学院的 2018 级本科生杨济泽，很荣幸能够在这里发言！

从收到北大录取通知书的那一刻起，我就开始设想自己在北大将会度过怎样的四年。入学半个月来，2018 级本科生一起经历了欢快而充满惊喜的新生训练营、严肃而不失活泼的军训。在这个过程中，我开始尝试着勾画自己未来学习生活的轮廓，缓慢而坚定地探索自己未来的道路。未来的道路，只有回头去看，才能看清它是由哪里开始，又将通往哪里。

三个月前，我与在座的很多同学一样，都面临着人生道路的选择。或许是冥冥中早已与北大精神相通，当时的我并没有急着去了解各专业的就业形势与发展前景，而是尝试找寻自己的初心，去发掘心中最真切的渴望。我还记得，小学三年级时，父母帮我订购了一本叫作《小爱迪生》的杂志。杂志中的科普知识令我大开眼界，物理学家们的漫画也给我留下十分深刻的印象。从那时起，我开始了解到：在一间澡堂中，我们可以发现轮船浮于水上的奥妙；通过一个苹果，我们可以得到地月之间的距离；面对一面镜子，我们不仅可以看到镜子中的景象，更可以由此开始对于时间和空间的思考。或许就是从那时起，我心中萌生了对我们所处世界的好奇。

进入中学后，我惊喜地发现，这一切好奇，都能被"格物致理"的物理学科所满足。通过中学六年的学习，我也逐渐认识到，仅仅学习单一学科的知识是绝对不够的，因为再理性严谨的知识，也需要人文精神的指引、创新意识的激发与自由思想的滋养。种种因素的碰撞，最终都指向了一个心中的圣地——北京大学。仿佛当年阿基米德发现阿基米德定律，兴奋地裸奔着高呼："尤里卡！尤里卡！"北大与物理的种子在我的心中已埋藏了这么多年，是时候让它们破土而出了！怀着这样或许幼稚但无比真诚的想法，我选择了北大物理学院。

不过，随着对北大和物院了解的加深，当初踌躇满志的心，也渐渐生出了失落与迷茫。

曾经的我，以为那些江湖传说中的竞赛"大佬"是另一个位面的人物，然而，当他们穿越位面来到我身边时，我的内心也终于重新受到重力的约束，落回了地面。作为一个没有丝毫竞赛经历的高考生，我如何才可能和这样的同学竞争呢？据说在燕园有一条著名的"不收敛定律"：如果小明的专业是A而兴趣是B，那么一定存在一个小红，A比小明强，B也比小明强。

我向北大的老师们倾诉了内心的焦虑，他们理解我的迷茫，更鼓励我坚定和勇敢起来。他们告诉我，**学习和成长是需要用一生完成的长跑，你只需要在格物致理的道路上坚持下去，踏踏实实地踩好每一步，就能拥抱属于自己的未来。**

我想，这就是我在北大学到的第一课。现在，站在这里的我，可以坚定地说：从初心延展而来的物理之路，我一定会走下去。我有足够的时间、足够的热情、足够的耐心，努力演绎我的四年北大生活。我相信，我的、你的、我们的北大生活，都将一点点地缩短我们与自然真理和人类幸福的距离。

同学们，2018年是北京大学双甲子生日，也是我们"00后"的成年元年。如果说青年人是早晨八九点钟的太阳，那千禧之年出生的我们就是新世纪的第一缕曙光。作为第一批"00后"，从踏入燕园的这一刻起，属于我们的新世界也随之开启。燕园虽小，却能容纳我们不同的兴趣；世界虽大，却始终大不过一颗热爱的心。

希望四年之后，我们仍能记得自己的初心，记得自己当初

「永远的校园」

为何来到这里。不忘初心,无惧未来。今天的小明在明天同样可以成为他人眼中的小红。

谢谢大家!

（在北京大学 2018 年开学典礼上的致辞）

学术与学者

潘剑锋

（北京大学法学院院长、教授）

尊敬的各位老师，亲爱的各位同学：

大家上午好！

今天，我们聚会于此，欢迎我们2018级法学硕士和法学博士研究生入学。今天的场面不大，但我们欢迎同学们的热情是高涨的：同学们，欢迎你们加入北京大学法学院大家庭。我知道，你们中的有些人，早先几年就是这个大家庭的成员了，对这些同学，我同样要表示欢迎，欢迎你们继续以学生的身份在这个大家庭中生活。

在这个欢迎仪式上，我与大家交流的题目是《学术与学者》，因为今天在座的各位同学都是学术类的研究生，将来有相当一部分同学会从事学术研究和教学工作，进而成为知名或不是很知名的学者。虽然由我讲这个题目不是很合适，因为我对学术与学者体会都不够深刻。但思来想去，最后还是决定跟大家交流下这个话题。

"学术"一词,听起来有点高大上,做起来很辛苦。简单地说,学术就是知识的积累,并在此基础上用掌握的知识去发现问题、分析问题乃至提出解决问题的方案。而要完成这样的任务并达到一定的水准,显然是要花费许多时间和付出不少心力的。因此,做学术是个辛苦活儿。

知识的内容是十分丰富的,按照不同的标准,可以划分为不同的类别。比如,以是否常见为标准,可以分为常识和专业知识;以知识获得的方式为标准,有自学获得的知识和通过传授获得的知识;以知识的来源作为标准,可以分为来自书本的知识和来自实践的知识;以知识的体系性作为标准,可以划分为碎片化的知识和系统化的知识;等等。

不同的知识,其功能是不同的,往往也有不同的意义。比如,常识,不仅日常生活中经常要运用,而且一些重大的决策,也往往会涉及常识。比如,曾经有个不许闯黄灯的规定,它就是违反常识的,结果必然是短命的。而专业知识则往往是解决某个特别领域问题的,贡献往往比较特殊,重要性也是不言而喻的,所谓"一招鲜吃遍天"是也。**自学的方式可能更适合对知识的初步了解,而传授的方式显然有利于对知识的更深入的掌握;书本的知识是前人的认识和经验的总结,对我们在有限的时间内掌握系统的知识有好处,而实践的知识体会则更为深**

刻而铭记于心；碎片化的知识（特别是来自手机或网络的"段子""鸡汤"等），可以成为茶余饭后的谈资，而系统化的知识通常意义上会被认为是学问。

而学者通常被认为是有专业的系统性知识的人。因此，在座的诸位，在将来的学习知识过程中，应该更多地注重知识的专业性和知识的系统性。在形式上，学者一般是有专业学位的人，比如，硕士学位、博士学位，学位往往表明你积累知识的量和学习知识所花费的时间；也需要有一定的职称，比如，研究员、教授，职称表明你所具有知识的质和在专业知识的发展上所做出的贡献，等等。

要掌握专业的系统性知识，肯定要有个学习的过程，要取得研究员或教授的职称，也肯定有个成长的过程，在这个学习和成长的过程中，根据我自己的体会，有这样几点是比较重要的。

第一，学习、研究方法的掌握。

学习是讲究方法的，正确掌握方法，能有效提高学习的效率，取得好的学习效果。比如，从大的方面讲，如何阅读，如何听课，如何进行交流，都有个方法和路径问题。研究也是一样的，传统的一些方法，比如，理论研究、实证研究、比较研究、历史研究、理论联系实际研究，这些方法都是有意义的，也是行之有效的；还有一些新的方法，比如大数据、人工智能、跨多个学科和领域的研究，现在也成为可能，并被探索性地运用。具体如何运用某种方法，今后在课堂上许多老师都或多或少会讲到，大家一定要注意掌握，并在学习和研究中予以实践。

第二，学习、研究习惯的养成。

人们常说，习惯成自然，而自然的力量是无法阻挡的，可见，习惯对于人来讲，无论是日常生活还是工作，都很重要，学习、研究的良好习惯的养成当然也不例外。比如，培养日常的阅读习惯（读书有系统地读书、有计划地读书、浏览性读书、泛读、精读的区分），安排时间进行专业问题学习，养成好的研究习惯（读书会、写读书笔记、学术资料整理、写专业论文、学术论文交流）。学习、研究学问是辛苦活儿，所以开始的时候一定要强制自己：时间上要安排（不愿意干的事情总是没有时间干的），行动上要落实（学习和研究上的行动总是落后于计划的），效果上要有要求（能形成成果的尽可能形成成果，放下了再接着做就比较难了）。

第三，对学问的态度。

对学者而言，做学问就是他的基本工作，也是他基本的谋生手段。重视学问是必然的。而我们这儿讲的对学问的态度，指的是对一些相对具体的学问的态度：比如，对基础知识的态度，对前人研究成果的态度，对不同的学术观点的态度，以及对自己学识水平的认识，等等。

对基础知识一定要重视。高手论剑最后或最关键的是比试基本功。新奇特的观点是不是创新，判断的标准是它符不符合事物发展的基本规律，符不符合该理论体系中的基本原理。如果有突破，要看逻辑上是否说得通，有没有违背常识。你也许会说，新奇特就是在于不符合常理，就是与传统的原理相左，那好，起码的一点你要做到，生活中的哪些事例能够说明或反映你所描述的情形。你可能还会说，我提出的是猜想。嗯，那确实是新奇特的东西，我无法回应。我在这所说的，是一般的情形。

对前人的学问的态度。需要认识到，前人的学术，与前人生活的社会背景、前人学问形成的理论基础等因素是密切相关的。后人的学问大多是在前人的基础上发展起来的。进行专门问题的研究，对前人关于该问题的研究成果进行梳理是十分必要的，在此基础上再展开自己的研究。比如，日本学者发表的专题学术文章，对前人学术观点的总结是文章中必须有的一部分。

对观点相左的人的学问的态度。价值观不同、生活经历或生活环境不同、认识的重点不同，都有可能造成不同的人对同一事物有不同的认识。甚至不同的角度，对同一句话会解读出不同的含义。比如，我没有说你偷了我的钱，重音在不同的词上，含义就有差别。对此，我的态度是：你没有总结出他人的观点的优点和合理性之前，你不要轻易地去批判它、否定它。

对于学术争论，我最基本的态度是，准确理解对方的观点，准确表达自己所主张的观点，其他的就不要有过多的期望了，因为在短时间内马上说服不同观点的学者接受你的观点，几乎是不可能的事。对问题的争论，关键的是你要搞清楚争论为何而产生，争论涉及的基本问题是什么，相关观点的形成是基于什么样的原因。比如，关于诉讼制度中举证责任和证明责任的争论，就是学者从不同角度对审判即将结束时，案件争议事实仍然处于真伪不明状态下，法院对该状况应当如何处置的问题的不同表述。你搞清楚基本情况就可以，没有必要争个长短。

学问的积累要有个过程。学问的积累时间是个很重要的过程：学习知识要时间，消化知识要时间（有的问题，放一段时间就清晰了，解决问题的方向也就出来了），运用知识同样需要时间，没有投入就没有产出，一分耕耘一分收获，这是个再浅显不过的道理。**央视节目《舌尖上的中国》就给了我些许的启发：好吃的东西，做起来大多都是花费时间的，费工夫的。学问的形成也大致是如此吧。**

关于学术与学者，其实还有许多问题可以交流，比如，在学术研究过程中如何面对挫折，如何面对研究所面临的困惑，以及关于学术的总结性问题——学术真的有意义吗？等等。还有诸如学者的为人问题，学者对公共事务的态度问题。大家自己先思考吧,相信将来会有老师给你们答案的。

祝大家在美丽的燕园、温暖的北京大学法学院大家庭里学习顺利、身体健康、生活愉快!

(在北京大学法学院 2018 年法学硕士、
博士开学典礼上的致辞)

学问中外,于斯为盛

董志勇

(北京大学经济学院院长、教授)

亲爱的同学们、老师们,尊敬的基德兰德(Kydland)教授:

大家上午好!

今天,324名优秀学子从世界各地、大江南北来到这里,成为新的北大经院人。首先,请允许我代表全院师生,对你们的到来表示最热烈的欢迎。

本学年是我接任院长的第一学年。从这个意义上说,和同学们一样,我也是新生。

在过去的八年中,经济学院历史上第一位女院长孙祁祥教授,带领包括我本人在内的院班子,通过全体师生的共同努力,使学院各项工作取得了很好的成绩,也发生了许多可喜的变化。应该说,这是百年经院历史上发展最好的时期之一。

在2010年第一个任期伊始,孙祁祥老师就代表班子提出了学院的目标,就是将学生培养成为"基础厚、视野宽、素质高、能力强、修养好"、情商优秀、智商超群、勇于创新、敢于担当的"大写的人";将学院建成全国乃至世界最好的经济学院之一。围绕这样一个目标,她带领团队,"狠抓制度建设,力促转型升级,整合优化资源",在学科建设、人才培养等各个方面都取得了显著的成绩,大大提升了学院的学术影响力、社会影响力和国际影响力。

八年过去,在她离任之时,我还想以个人的名义感谢孙祁祥老师:您胸怀宽广,为人公正,做事果敢,有担当、有情怀、有影响力,满身正能量,影响了我和我们所有的经院人。

花开花落,春华秋实,我们又迎来了新的一届经院人!今天,我想对你们,也是对我自己提出几点期望,让我们共勉。

期望你们放平心态、学会独立。

求学于名校是一份至高荣誉,但请你们务必尽快转身,目光向前,做好继续长期奋斗的心理准备。来到北大经院学习,很可能是你们未来成功道路的开端,然而,北大经院一纸文凭远非未来成功的保证。未来能飞多高、走多远,仍取决于你们的努力与付出。

对许多本科生而言,在进入大学前,老师和家长会督促你完成学业,帮你筑一道"防火墙"。进入大学后,家长不在身边,而北大又是个宽松、包容的地方,允许你自主安排学业和生活,你们需要独立完成学业、自主抵制诱惑。并非所有学生都能顺利完成这一转变，有的学生习惯了过度"呵护"，到了大学少了监督，便沉迷于玩电脑、玩手机等娱乐消遣活动不能自拔，毁了身体和意志，成绩一落千丈，甚至无法毕业、面临退学。

因此，**我希望你们进入北大后做的第一件事就是调整心态，明确长期的辛勤努力仍是燕园生活的主旋律。要做好面对内心冲突的心理建设，并尽快学会独立。**

研究生也要深刻认识到，学识培养非一朝一夕之事，要久久为功。每天多努力一点，几年后将提升巨大；每天多懒惰一点，几年后则落后甚远。希望你们抓紧在燕园这几年，自我约束、自我督促，每天多学习一点、多思考一点，努力进步，不负青春，不断自我超越。

期望你们着眼长远、安心学习。

我常常思考：如何让学生在大学期间合理安排时间，获得最大的成长？

随着社会节奏的加快，人们变得越来越急功近利，过于关注短期效用，部分经院学子也难以"免俗"。他们在面对选择时，首先关注短期内对提高学分绩点、升学求职等是否有所帮助。若课程短期内无明显效用，则不选课或者频繁缺勤。而对于实习等对求职有"立竿见影"效果的活动，则千方百计参与。有的本科生刚入校不久就投入大量精力研究就业问题，大二便开始实习；很多硕士生更是一入学就在积极寻找实习，少数同学甚至本末倒置，牺牲课业学习时间参与实习活动。

不可否认，在当前的客观环境下，实习可以在短期内提升求职竞争力，一些用人单位甚至将实习作为录用的关键前提。但未来长期事业发展的高度，更大程度上受学识积累广度和厚度的影响。离开象牙塔后，工作将占据你们几乎全部时间，精力和学习资源的限制都将使学习变得越来越困难。所以，做学生时的学识积累，将是你们长期事业发展高度的重要决定因素；在大学的时光，也可能是你这辈子最后的、可以静下心来好好读书的日子。**蔡元培校长也曾教育学生："诸君肄业于此，或三年，或四年，时间不为不多，苟能爱惜分阴，孜孜求学，则其造诣，容有底止……"** 大学若只是敷衍考试、混得文凭，最后学问全无，乃是耽误自己。

著名历史学家钱乘旦老师曾说过："北大最宝贵的就是它的课堂，而北大的课堂是历史的传承，它在中华民族最苦难的时代流传下来。到今天，在我们追求民族伟大复兴的时代，它将继续传承。" 因此，我希望你们把目光放长远，心无旁骛地求知问学。对于本科生和博士生，我希望你们不要花过多的时间去实习，要充分利用北大提供给你们的资源汲取知识。对于硕士生，除了寒暑假，我也希望你们尽量减少实习，不要浪费在北大宝贵的学习时间。

大学时光如白驹过隙，同学们要有紧迫感，从现在起，将

「永远的校园」

每一分钟都当作在燕园学习的最后一分钟,加倍珍惜在北大学习的机会。工作未来一辈子都可以做,但燕园学习时光,错过了就不会再有。希望你们安心学习、适度实习,能在正确的时间做正确的事情。

期望你们虚心受教、尊师重教。

自古以来,无论是学界泰斗、政界要人还是商界巨贾,无不是尊敬师长的典范,其成长史也几乎都是"严师出高徒"的故事。北大在"思想自由、兼容并包"的同时,也传承着严谨、求实的教育理念和尊师重教的学习风气。

在北大,不同课程的学习方式不尽相同:有的侧重复杂计算,有的需要大量理解与记忆;有的课堂以教授讲解为主,有的课堂则需要同学的深度参与;有些课程课后作业不多,需要同学们更积极地去拓展阅读和思考,有些课程课后任务很重,甚至令人感到难以招架。不同老师的教育风格亦有差异,有的和蔼可亲、风趣幽默,也有的不苟言笑、言辞严厉。对于"虐课"与严师,不管喜欢与否,都请你们学会理解:繁重的课程任务,是为了让你们更加深入地理解知识;严厉的教育方式,是为了鞭策你们更好、更快地成长。

也请你们正视"惩罚"的积极作用。"人们会对激励做出反应"是经济学十大原理之一。鼓励在教育中固然重要,但惩罚也是学生成长道路中不可或缺的。我相信经济学院所有老师,都会发自内心地欣赏你们所有的优点，但他们一定也会宽严相济、严慈同体。在错误面前，如果老师给你们逃避责任的机会，是不利于你们反思和进步的，没有完善的惩罚体系的教育也是存在缺陷的。因此，希望你们在欢欣接受表扬、奖励的同时，正视"惩罚"在教育中的积极作用，理解老师的良苦用心。

大部分大学老师与你们未来的全部交集，似乎只是短短一两个学期的课程，但我们教师的责任感，将使我们倾己所能，为你们的知识掌握负责，为你们的成长负责。此刻的严厉，是为了让未来的你们更加优秀。因此，希望你们能虚心受教、理解老师，对他们心怀感激、保持敬畏。

期望你们筑牢基石、博观约取。知识基石的打深打牢，既包括广度，也包括深度。

对于知识的广度，我想请大家珍惜北京大学得天独厚的资源优势。燕园大师云集，既底蕴深厚，又与时俱进。通识教育与专业教育融合发展的教育理念，使你们既可以深入学习经济学专业知识，又可以广泛涉猎其他学科门类。燕园数载将是你们一生中学习资源最为丰富的时光。因此，同学们在经院学习期间，不妨根据自己的兴趣，广泛学习一些短期内无明显效用的知识，如中文、历史、哲学、艺术等。或许这些知识对你们未来事业的发展，会起到"无心插柳柳成荫"的功效。

对于知识的深度，我想请大家发挥自己的主观能动性。没

「永远的校园」

有"深度"的"广度"是无效的。作为中国最顶尖学府的学生，你们不应仅满足于对知识的记忆和简单理解运用，还应深度思考、敢于质疑。要大胆假设、小心求证，在不断拓展知识边界的同时，强化经济学思维方式，提高发现问题和解决问题的能力。未来无论从事什么职业，经济学思维方式都将帮助你们更加透彻地看清问题本质，做出理性选择；而发现问题和解决问题的能力，则将使你们在面对不熟悉领域的挑战时从容不迫、应付自如。这些都需要你们通过长期深度思考来取得，并且将是大学教育和经济学教育能够给予你们的最重要的东西。

当然，学习之余，大学还有丰富的课外时光留给你们肆意书写。你们可以参加种类多样的课外活动，结交一群志同道合的朋友，甚至找到携手一生的伴侣。**对于课外时光，我唯一的期望，是愿你们不负青春。到了假期，则应读万卷书，行万里路。当然，也希望你们多拿出一些时间来陪伴父母。**因为工作后，一年中可以陪伴父母的日子将屈指可数。

最后，期望你们志存高远、勇担使命。

几天前的教师节，**习近平总书记在全国教育大会上指出，要"坚持把服务中华民族伟大复兴作为教育的重要使命"，"教育引导学生树立高远志向，历练敢于担当、不懈奋斗的精神"**。

百余年来，经济学院不仅对经济学科的发展贡献卓著，还始终与国家和民族命运紧密相连。"学问中外，于斯为盛。"

作为中国最早的马克思主义经济学传播基地和西方经济学教育阵地,这里也是中国改革开放经济理论的策源地。近现代以来,几乎每一次关系中国社会政治和经济重大走向的学术、政策讨论,都饱含经院人的智慧贡献。

"经世济民"则是经院人的崇高理想。作为同龄人中最优秀的一批,你们应具有历史使命感;作为经院人,我们也应在时代浪潮中有所担当。希望大家能够同心同德,将个人理想、学院发展同祖国前途、民族命运紧密联系在一起,勇于开拓,顽强拼搏。

我相信,未来经济学院必将继续在经济学科的发展中挺立潮头,在中华民族的伟大复兴中勇担使命,而你们,也一定会成为"为天地立心,为生民立命,为往圣继绝学,为万世开太平"的国家栋梁。

谢谢大家!

(在北京大学经济学院 2018 年开学典礼上的致辞)

得天下英才而教育之

黄　如
（北京大学信息科学技术学院院长、教授）

各位老师，2018级的新生同学们：

大家上午好！

很高兴在燕园一年中最美丽的时节里，历史悠久并充满荣誉的信息科学技术学院又迎来了一大批优秀的学子，在此我谨代表信息科学技术学院全体师生，再次热烈欢迎并衷心祝贺大家加入北大，加入信科，成为一名光荣的北大信科人！

看着洋溢着青春气息、穿着整齐划一"大信科"文化衫的你们，作为院长、作为老师，我为能"得天下英才而教育之"感到高兴，为我大信科人才济济、后继有人感到欣慰！

两天前，本科新生同学们刚刚从康庄军训基地回到母校，14天的军训生活，虽然短暂，但一生可能只有一次的军营经历一定会成为你们人生难忘的记忆和重要印迹。今年的本科生有几个特点，你们是双甲子北大在新时代迎来的首批学子，你们也是学院招生最多的一届学生,你们还是大家谈得很多的"千禧宝宝",你们从出生之时起就承载着各自家庭、社会乃至国家的期待和希望。

首先我要祝贺你们选择了信科!选择了一个前途远大的学科!

当今时代是信息技术高速发展的黄金时期,信息科技作为当今社会最重要的学科之一,在全世界范围内拥有广阔的发展前景和无与伦比的发展机遇,当下直至未来很长的一段时期内,信息科学都将是人类工业革命和经济发展的主要驱动力,也是国防建设和国家安全的重要保障力,信息产业已经成为各国竞相争夺的战略高地和决定博弈成败的核心领域。新一轮的信息科技创新浪潮已经开启,人工智能、大数据、云计算、物联网等新兴技术风起云涌。信息学科也是当今学科交叉的核心,辐射到几乎各个学科和各行各业。除了信息产业本身,其他领域如电子制造、医疗健康、经济金融、国防军事、航空航天等,都亟需信息科技人才。可以说你们选择信息专业,恰逢其时,重任在肩!你们的到来,为学院注入了新鲜的血液,也为中国的信息科技发展带来了新的力量!

与此同时,学院雄厚的软硬件实力也将最大限度为你们实现梦想保驾护航。

北大信息学科有着悠久而辉煌的历史,这里曾诞生了中国

「永远的校园」

第一台原子钟、第一台百万次电子计算机、第一块大规模集成电路 1024 位 MOS 随机存储器、第一个汉字激光照排系统、第一个大规模商用指纹识别系统、第一个大型软件工程环境、第一个波分复用光纤通信系统等等。学院现拥有 2 个国家重点实验室、1 个国家工程实验室、12 个省部级重点实验室和 2 个实验教学示范中心，覆盖计算机科学与技术、电子科学与技术、信息与通信工程、软件工程 4 个一级学科。

多年来，学院无论是在人才培养、科研创新，还是国际合作、文化建设等方面都取得了令人瞩目的成就。作为全校第一大学院，学院的科研经费及科研获奖持续领跑北大各院系，多项科研成果在国际上享有盛名，备受赞誉，几乎每年都有本科生的科研成果在国际舞台上一鸣惊人。学生培养也是学院工作中坚定不移的重中之重，在北大每两年举行一次的学生最高奖——"五四奖章"评选中，学院都有学生获奖，充分展现了信科学生的实力与活力。

可以说，**你们选择信科，就是选择了卓越，选择了不凡。**

同学们，伴随着你们的加入，我们信科现在已有学生 2956 名，加上 500 余名教职员工，不仅是北大校本部规模最大的学院，更是一个心心相印、温暖向上、有着强大凝聚力的大家庭。

我想你们感受到的这种凝聚力，体现在新生报到现场"工程狮"的卖萌欢迎，也体现在你们军训前夕师兄师姐们诚意满满的军训攻略。当我得知你们在军训基地争先恐后地帮助同学提行李、打热水，得知二连男生为八连女生搬酸奶、运水果，两支"优秀"的合唱连队相互鼓励时，我很欣慰你们已经融入了这个大家庭，传承了大信科的凝聚力。

在未来的学习生活中，你们还会感受到来自各个方面的信科的凝聚力："男生节""女生节""程序员节"时大家的互相关爱，学院运动会、新年晚会及 Lab 杯篮球、排球、足球等各种文体活动时大家的互相鼓励和加油，更有课内课外大家一起进行学术探讨的互帮互学，实验室里一起攻坚克难的互相合作……我希望你们在享受这些温暖和关爱的同时，能够不断地成长，为我们的大家庭添光增彩。

大学时代，是一个人一生中汲取知识、增长才干、陶冶情操的重要阶段。同学们，既然你们在最美好的年华选择了信科，就应不负青春，砥砺前行。作为院长、作为老师，在你们踏上新征程之际，有一些期许和希望想与大家分享，希望对你们接下来几年的学习生活有所帮助。

第一点，希望你们保持定力，做一个勤奋求学的人。

能够进入北大、进入信科的你们，都是同龄人中的佼佼者。但当真正的大学生活开始后，你们可能逐渐会发现自己和其他同学的差距，还可能有其他现实的困难，你们可能会感到压力、感到辛苦，有些同学甚至可能试图去寻找捷径。但是大家认真

「永远的校园」

想一想，你们都是为一所好大学而来，**什么是好大学？好大学就意味着更高的标准、更严的要求、更艰苦的学习、更严酷的考验。只有踏踏实实、全身心地投入到学习和科研中，你才能有所收获。**

今年我们信科两位同学和数院一名同学组成的北大代表队在第42届ACM全球总决赛中夺得金牌，取得了亚洲第一、全球第三的好成绩。几位同学为了准备此次大赛，每天机房、教室、宿舍三点一线来来回回，睡醒去上课，下午去机房训练，晚上很晚回到宿舍，第二天醒来再去上课训练。近乎单调，看似乏味，他们却乐在其中。也正是这份勤勉与执着，使他们在高手如林的ACM大赛中脱颖而出。

因此，我希望本科新生们能从高考后的休整中尽快调整过来，希望研究生们能从保研、直博、考研考博之后的放松中调整回来，戒骄戒躁，用百分之百的投入，去迎接接下来的学习和科研生活。你们现在站在全中国最顶尖的平台上接受教育，几乎可以在这里找到任何你们感兴趣的学习内容和研究方向，学院所有的实验室和科研课题组都非常欢迎同学们的加入。希望大家珍惜这个机会，刻苦努力，保持定力，保持对学习、对探索未知、对真理追求的那份纯粹，不受外界的干扰和诱惑，请记住你的学习态度和行动将决定你未来走得多远、飞得多高。

第二点，希望你们砥砺德行，做一个品行高尚的人。

人才是发展的第一要素,人才的重要性毋庸置疑。**何谓人才,人品第一,才学第二。**先做人再说才。有才学的人如果人品低下,往往对他人、对单位、对社会的伤害和破坏会更大。"一个人最重要的不是看他所站的位置,而是他所朝的方向。"

希望大家注意品行修养的修炼,思考如何立身做人,不管什么时候永远都要保持基本的正直和善良,保持做人的底线。远离甘地定义的毁灭人类的 7 大恶习,即"没有人格的学识、不劳而获的财富、不讲责任的享乐、没有原则的政治、没有道德的生意、没有人性的科学、不愿奉献的信仰"。

第三点,希望你们志存高远,做一个胸怀天下的人。

《燕园情》中"眼底未名水,胸中黄河月"道出了北大人的家国情怀。120 年来,北大始终在用自己的方式为这个民族找寻前进的方向,这里曾走出一代又一代民族的脊梁、国家的精英。今天,**你们获得的不仅是"北大人"的称谓,更承担了这个称谓所带来的一份沉甸甸的责任。**作为千禧一代的你们应该更能体会到这个时代赋予你们的机遇和希望,你们将与国家的"两个一百年目标"共同前进,从现在到 2035 年,你们处在 18 岁到 35 岁之间,这正是人一生中发展迅速的黄金时期;从 2035 年到 2050 年,你们处在 35 岁到 50 岁之间,将成为各行各业的中流砥柱。这是一份怎样的人生际遇啊!

"集成天下,网络八方,信息科学,强国兴邦",这是每

「永远的校园」

年北大毕业典礼上邱德拔体育馆喊出的全场最强音，也是北大信科人对国家、对社会的责任和承诺。**希望同学们不仅要认真做好学问，也要关切社会、关心国家、关注世界；做到"家国在心里，世界在眼里，学问在手里"，培养自己的大胸怀、大格局，你的胸怀、你的格局将决定你人生可预期的高度。**

最后一点是提醒，提醒大家要注意锻炼身体、培养良好的生活习惯。信科乃至北大，每年因健康问题严重影响甚至中断学习的例子屡见不鲜，令人惋惜。道理大家都清楚，**人生不管后面有多少个"0"，健康永远是前面的那个"1"，如果丢了这个1，其他皆为空。**希望大家在学习之余能走下网络、走出宿舍、走进操场，不做宅男宅女，多接触自然，多锻炼身体，养成良好的生活习惯和作息习惯，为一生的事业打下坚实的身体基础。

同学们，当今是信息科学的大时代，大时代铸就了大信科。让我们共同坚守信科人的气度、风骨与担当，让北大信科源源不断地为国家和民族书写新的传奇，这份传奇也一定会因为有你的书写而变得更加精彩！

最后，再次祝贺大家，欢迎大家！衷心祝愿2018级所有信科的新同学们学业进步，在燕园开启你们青春最华美的篇章！

谢谢大家！

（在北京大学信息科学技术学院2018年开学典礼上的致辞）

怀揣"三宝",再别国关

胡王云

(北京大学国际关系学院 2014 级博士研究生)

尊敬的老师们,亲爱的同学们,远道而来的家长们:

大家好!

能在大师云集、精英荟萃的国关大家庭面前抒发心声,我深感荣幸!

今天,和许许多多的国关学子一样,我将"轻轻地挥手",挥别我全部的学生岁月,挥别学于斯、长于斯、歌于斯、舞于斯的国关学院。四年时光中,燕园的湖光塔影、荷塘幽径,师长们的谆谆教诲、语重心长,同学们的嬉闹玩笑、互助共进,都熏染了我奔三前最后的青春,融入了我生命的底色。北大国关,不仅是我学习、生活过的地方,更是我青春永恒的记忆、精神的家园!这种深刻的羁绊,在离别之际,我感受尤为深切,于是想起那句诗:悄悄的我走了,正如我悄悄的来;我挥一挥衣袖,不带走一片云彩。是啊!我挥一挥衣袖,告别国关,带

「永远的校园」

不走一片云彩,却带走了沉甸甸的收获!

这些收获,我总结为"国关三宝",这"三宝"就是我所理解的国关精神。

第一宝,是看问题的国际化视野。

它来源于老师们的课堂、学院塑造的国际化氛围和国际交流平台。

国关的每一门课都是跨越国境的,老师们会分析研究领域最新的国际进展、最关键的国际共识与争论,也会邀请外国专家、外国同学来讨论。

国关学院独树一帜的特色是办学国际化。我们有来自80多个国家的500多名留学生,占到学院学生总体的53%。所以,和外国学生一起上课、一起写作业、一起打球跳舞、一起聊政界八卦,就像吃饭睡觉洗脸刷牙一样,是自然而亲切的事情。

有来就有往,学院也提供各种机会供中国学生走出国门看世界,我们还有师姐师妹曾跑到缅甸内战区、巴勒斯坦—以色列冲突地带做实地考察。

就是在国关的鼓励下,我们拓展着自己的小世界,视野变宽变高,心也就跟着变大。老师们在言传身教中传播、倡导的国际意识,无形之中,已融入了我们的思维模式、生活方式。

第二宝,是为人的包容大气。

国关学院向来是兼收并蓄、兼容并包的。她包容了身份背景不同、履历阅历不同的学生，包容了非主流的兴趣爱好和迥异的生活方式，也包容了互有分歧甚至立场不同的观点。

现今，"土"是一个极好的褒义词，本科、硕士、博士一直读上来叫"土"，越土越优秀。我不是北大"土著"，而是博士阶段才插队进来的。学院里还有很多同学情况与我相似，但在这里，大家都感受到了老师们严父慈母般的关爱，充分地吸收了学术的养分。英雄不问出处，在海纳百川的国关学院，大家只有一个共同的身份——国关人。

个人发展方面，国关尊重个性。我是一名业余的搏击教练，每周都会跑到校外去授课。起初，总是偷偷摸摸，特别害怕老师们知道了以后会责备我不务正业。导师无意中知道后，一脸happy地对我说："搏击一定要好好练，强身健体，但切记，不要故意伤人。"天啊！我之前那样遮掩躲闪，到底为啥？

国关的熊孩子们很有个性，在国际问题、人类发展这类宏大的问题上自然有很多意见分歧，老师们却很鼓励思维的碰撞、观点的交锋。所以，我们不打棒子、不戴帽子，大胆争论，既锻炼思维，也消磨了戾气，包容之间，更加心气和平。

第三宝，是做事的坚守。

老师们的研究领域、研究方法、人物性格、行事风格都各有特色，但他们有一个共同点——对自己研究的领域异常执着，对自己的研究事业深切热爱，决不跟风、决不炒作。就是这种

「永远的校园」

对这学术、对学问之道的坚守,使他们在变动中保持淡然、从容与帅气。也是这种坚守,深深影响着学生。

我的研究方向是气候变化与环境治理,但硕士阶段学的是外交。初来国关时,我啥都不知道,每当大家高谈阔论减排路线图、量化目标,我就闷头喝茶。后来,我去地空学院上摇杆课、去城环所听城市规划,熬了 n 个通宵、单曲循环了 n 遍周杰伦的《蜗牛》,告诫自己要一步一步往上爬。2016 年,爬到太平洋的彼岸,在加州大学圣地亚哥分校补上了能源政策、量化分析。临行时,外导送了我一句"耐心成长"。那一刻,我觉得自己所有的迷惘都得到了解答。

坚守不易,但坚守是快乐的,有所坚守更是值得的。

小论文登上核心期刊、毕业论文获奖时,对国关馈赠、生命馈赠的感恩之情溢满我的心海。这些小小的成果和收获,都是在国关大家庭的庇护下耐心播种、浇灌出来的小花,一棵棵地种、一株株地浇,最后才开出一片斑斓的小花园。

我常常问自己:如果是在别的学校,我能成为今天的自己吗?这个世界没有如果,如果真有如果的话,我的回答是:Impossible!

再过几个月,就要去宇宙中心五道口附近的一所大学任教了,我已经把国关三宝打包好放入行囊,日后,作为一名新老师、新校友,一名永远的国关人,我愿意坚守北大国关的精神与文化,让它成为我生命中最质朴的本色。

感谢父母的养育之恩,感谢老师们的栽培之恩,感谢同学们的手足之情。是你们,绘就了我生命的璀璨和斑斓。

老师们,同学们,我多想在这儿多待一会儿,但是,我得下去了。请允许我用自己的手机拍下这隆重的场面,永远珍藏!谢谢大家!

我们都是寻梦人,"撑一支长篙,向青草更青处漫溯;满载一船星辉,在星辉斑斓里放歌"。

祝福北大国关!祝福国关的老师们、同学们!

(在北京大学国际关系学院2018年毕业典礼上的致辞)

与医相伴,朝气前行

詹启敏

(北京大学常务副校长、医学部主任)

尊敬的各位老师、各位家长,亲爱的同学们:

早上好!

时光荏苒,岁月如歌,转眼又到了毕业季。今天,我们相聚在这里,举行北京大学医学部2018年毕业典礼暨学位授予仪式。

亲爱的同学们,几年前,你们带着理想和期待来到北医这所百年医学殿堂。经过数年寒窗苦读,你们增长了学识,锻炼了能力,成为一名优秀的北大医学人。我代表学校向你们表示祝贺,北医因你们而自豪!同时,我代表学校向学生家长和亲友团们致以崇高的敬意!感谢你们的信任,支持孩子选择北大医学并与学校一起肩负起培养他们的责任。今天,孩子们在北医成长成才、羽翼渐丰,即将展翅高飞,我与你们共同见证和分享这份辛勤耕耘获得的喜悦!在今天这个难忘的日子,我由衷地感谢北医全体教职员工，你们辛勤教书育人、为人师表，给予同学们无微不至的关怀和教导。今天同学们即将离开校园，踏上新的征途，让我们一起祝福他们！

亲爱的同学们，入学时，你们怀着悬壶济世的理想，肩负着家人的期望，带着对医学的热爱，选择从医之路，走进了北医校园。在这里，你们经历了许多人生的第一次：第一次好奇而又心情复杂地上人体解剖课，第一次走进实验室接触医学仪器，第一次紧绷心弦地抽血打针，第一次深入基层开展流行病调查，第一次心情紧张地在无影灯下拿起手术刀，第一次戴上庄严的护士燕尾帽，第一次小心翼翼地培养组织细胞……这些点滴的瞬间、难忘的经历，见证了你们在医学路上的成长。在这里，你们遇见了一群志同道合的青年朋友，一起学习医学知识，一起在病房实习，一起在实验室搞科研，一起在学生社团唱歌跳舞、舞刀弄棍、吟诗作画，一起加入运动队参加比赛，一起参与健康公益活动，一起牵手走过校园四季，共享欢乐和泪水。在这里，你们遇见了博学谦和的教授、老师，春风化雨般教导你们读书和做人。在老师的言传身教下，在勤奋、严谨、求实、创新的学风熏陶中，你们刻苦而扎实地前行。

亲爱的同学们，在你们离别之际，我有三点嘱托要送给你们：

第一，以德为先，铸就仁心。

张孝骞曾说:"仪表端正,和蔼可亲,主动周到,不仅是一般服务态度问题,而且是临床工作的需要。因为良好的医德,是赢得病人信任和协作的必要条件。"医学有两座高峰,一座是学术高峰,一座是医德高峰。要做一名优秀的医务工作者或是医学科研人员,首先要学习做人,不断加强自身修养,培养自己宽广的胸怀,以一颗仁爱之心对待病人、开展研究。唯有如此,才能真正做到想病人之所想,急病人之所急。

医乃仁术,"仁人君子,必笃于情,笃于情则视人若己,问其所苦,自无不到之处"。医学的内涵包括科学、人学和社会学,人文修养是医学人的基本素养。在医院,患者把自己的生命交托给了医生和护士,他们是最亲密的朋友;在实验室和流行病调查现场,基础医学、药学、公卫等学科人员兢兢业业、锐意进取,不断突破医学前沿,因为他们肩上扛着千千万万老百姓对健康的期待。做一个医学人,选择了艰难,选择了奉献,选择了伟大,医学人文能够帮助你们筑牢医德的品质,支持你们坚定而饱含激情地在医学之路上砥砺前行!

第二,以学为上,勤思苦练。

孙思邈在《大医精诚》中提到:"故学者必须博极医源,精勤不倦,不得道听途说,而言医道已了,深自误哉!" 在今天这个科技日新月异、迅猛发展的世界,短短几年里发展出来的新技术或许会淘汰过去数十年甚至上百年里积累的技术,为了跟上时代的步伐，必须坚持终身学习。《论语》中的名句"学而不思则罔，思而不学则殆"，启示我们要学而有思。

当前，医学正在突破传统学科的限制，向着更加广阔的领域发展。整合性、精准性更趋明显，技术更新周期越来越短，人工智能、生命组学和大数据技术等前沿科技纷纷进入医疗领域，在疾病诊治、新药研发、健康管理、康复养老等各个方面深刻影响着医疗的发展，不断形成新的医疗模式。医学生要与时俱进，瞄准前沿，在学习中不仅要知其然，知其所以然，还要思考医学未来的发展趋势。善于总结和归纳，培养批判性思维和创造性思维，从医学实践中不断积攒你们的智慧和力量，多学科密切协作，合力突破现代医学的难题和困境。

第三，求真务实，知行合一。

今年5月2日，习近平总书记在北京大学师生座谈会上发表讲话，勉励广大青年：一是要爱国，忠于祖国，忠于人民；二是要励志，立鸿鹄志，做奋斗者；三是要求真，求真学问，练真本领；四是要力行，知行合一，做实干家。医学的真谛是真、善、美，医学实践就是求真的过程。医学生要用心如同用脑，勤奋探寻和体悟真理，练就真本领，让中国的医学走向世界。

千余年来，中国历代医学人在做真学问、练真本领方面都留下了典范。古有神农尝百草，扁鹊救太子起死回生，药王孙思邈一针救两命；今有诺奖获得者屠呦呦先生义无反顾以身试药，妇产科专家张丽珠教授孜孜不倦练就精湛医术，神经生理学专家韩济生教授百折不挠探索医学未知领域……历史上的医学大师，都有一颗心系生命的伟大心灵，都有着潜心修学、匠心独具、求真务实的治学精神。

亲爱的同学们：新时代，新青年，新作为。

中国特色社会主义进入新时代，这既是实现中华民族伟大复兴的关键时期，也是医学和健康事业发展的最佳历史机遇期，健康中国已成为重要的国家战略，"双一流"建设如火如荼。在时代瞬息万变的浪潮中，有人选择置若罔闻，有人选择乘风破浪，有人选择深耕厚植。然而，**唯有时间的积淀，才能证明厚道和坚持的力量。美好的未来只有通过心手相应、知行合一才能达成。绝大多数成长其实是很多小步积累的结果，"不积跬步，无以至千里；不积小流，无以成江海"**。

亲爱的同学们：希望你们将个人梦、医学梦与中国梦结合起来，将救死扶伤的职责牢记在心间，做一个有梦想、有情怀的人。

坚持最初的理想，坚持对专业的热爱，坚持对医学的崇敬。打牢基础知识，锻炼独立思考能力，培养严谨求实的精神和医者仁心的品德，承担起压力与责任。从北医这个校园出发，勇于创新，敢于拼搏，脚步不停歇，与医永相伴，向着医学世界里更高更远的目标朝气前行。

你们是未来的医学精英,相信通过你们的不懈努力,"北大医学"这四个字将会因为你们的卓越而闪耀世界!

最后,我代表母校,为全体北京大学医学部2018届毕业生送上最真挚的祝福!祝你们健康、顺心、成功、幸福!

谢谢大家!

(在北京大学医学部2018年毕业典礼上的致辞)

山水一程,南燕初心

高 松

(北京大学常务副校长、教授)

亲爱的同学们、老师们、家长们:

上午好!

又是一年凤凰花开,又到了一年的毕业时节,来到深圳,看到烈日骄阳下是一片生机勃勃。在这个特别的荣耀与幸福的时刻,我首先代表学校向深圳研究生院2018届的毕业生送上衷心的祝贺:祝你们毕业快乐!

几年前,你们步入深研院的时候,可能怀着无限憧憬与些许忐忑。时间如白驹过隙,不知你们现在坐在这里,回想起来,那些场景是否恍如昨日?**我希望你们在南燕的学习生活中,收获的是丰富的知识、独立的思考、顽强的意志与博大的胸怀。**

今天对于你们是一个带有"结束"意味的日子,但我希望在这里讲一讲"开始",谈一谈"初心"。

今年对于北京大学而言是具有重要历史意义的一年——今

年的 5 月 4 日，我们迎来了北大的百廿诞辰。回望过去，1898年，京师大学堂诞生于民族危亡之际，在成立之初，北大与国家和民族的命运就紧紧相连。历经 120 年的风雨苍黄，北京大学开启了思想自由、兼容并包的现代大学之风，走过了动荡的西南联大时期，见证了新中国成立之初教育领域的百废待兴，沐浴了改革开放的春风，确立了百年校庆之时建设"世界一流大学"的目标。当下，我们正在为建设"双一流"大学而不断努力。时代在变，但总有一些未曾改变：**为人民谋福祉、为民族谋复兴、为人类谋进步，是北大不变的初心。**

今年，也是北京大学深圳研究生院成立的第 17 个年头。想当初决定建立深研院，就是抱有突破现有模式的"初心"，开辟北大探索高教改革的试验田，在深圳这片创新创业的热土上，让厚重的北大精神与活跃的城市文化碰撞交融。如今，作为北京大学唯一的异地校区，深研院秉承"爱国、进步、民主、科学"的传统，融合深圳创新、创业、不断改革的城市文化，以"建设世界一流国际化校区"为目标，以与本部差异化发展、学科交叉互补为道路，在 17 年里取得了丰硕的办学成果。

我想大家在深研院度过了几年学习生活的时光，同时也见证了北大 120 周年诞辰，一定对北大学子应有的情怀与使命有了更深刻的体会。在这个即将扬帆起航的时刻，我相信你们一定充满着青春活力，洋溢着热情自信。但是在即将离开母校之时，也请你们想一想：**当时为什么选择北大？现在为什么选择了脚下的这条道路？未来又会是什么影响你做出某种选择？**

1932年，胡适校长在毕业典礼上赠言毕业生：未来你们可能有堕落的危险，第一是容易抛弃学生时代求知识的欲望；第二是容易抛弃学生时代理想的人生追求。 步入社会，你们一定会面临与象牙塔中不一样的环境与挑战，**希望你们在这个变化的过程中，都能想一想自己的初心。**

初心可以让我们在时代的浪潮中站得更稳。 当今时代局势风云变幻、科技发展日新月异，要成为新时代的弄潮儿，一定不能被新时代浪潮裹挟着、推搡着向前，而是敢于担当、"勇立潮头"。这不仅要"勇"，更要"立"。"立"是站得住、站得稳，无论风往哪边吹、浪头有多大，我们内心的信仰、坚持的真理以及不变的初衷，都能帮助我们在变化中站得更稳、看得更远。大浪淘沙，信仰、真理和初衷，如金子一般，是这个时代难得的宝贵财富。

初心告诉我们要朝着怎样的方向前进。 人生路漫漫，未来我们一定会遇到焦虑迷茫的时刻，站在人生的十字路口环顾四周，我们可能会参照前人的脚步，听取他人的指导，这些都是必要的，但一定要警惕不要把自己的人生活成一种模板。自助者天助之，我们要以坚定的信念和顽强的斗志作为我们不断进取的动力，自我完善、自我诫勉、自我超越。最终向前的脚印都需要自己一步步走出来，在犹豫的时候，问问初心，坚定自己的选择，然后继续前行。我想厉伟校友，也是我 81 级的同学，为我们树立了一个很好的榜样。

初心引领我们成为什么样的人。百廿校庆之际，习总书记来到北大，给广大青年提了四点希望：爱国、励志、求真、力行。作为青年人，作为北大学子，生逢其时，也重任在肩，你们既拥有广阔发展空间，也承担着伟大时代使命。希望你们将来无论在哪里、从事何种职业，都不要忘记作为中华青年的初心——为实现中华民族伟大复兴的中国梦而奋斗。青年应该在奋斗中释放青春激情、追逐青春理想，以青春之我、奋斗之我，为民族复兴铺路架桥，为祖国建设和人类进步添砖加瓦。

同学们，**人生最宝贵的莫过于一颗真挚的心，不忘初心，方得始终。愿你们驾驶着信念铸造的航船，到希望的大海去犁出雪白的浪花；愿你用智慧、才情、胆略和毅力，开辟出一块属于你自己的土地。**

最后，希望你们一定记住，无论将来飞得多高、走得多远，你们永远都是北大的孩子，南燕永远都是你们的精神家园。山水一程，三生有幸，当你们累了、倦了，母校的怀抱永远为你们敞开，这里永远有你们最宝贵的青春回忆！

祝福大家！谢谢大家！

（在北京大学深圳研究生院 2018 年毕业典礼上的致辞）

用好你的自由？

李 猛
（北京大学元培学院常务副院长、教授）

首先，我想代表元培学院的老师欢迎2018级的新生加入元培这个大家庭。

这两天大家应该听了不少关于元培学院的介绍，听到最多的可能就是元培的"自由"和"选择"。我想说的第一点就是：怎么用好你们的自由。自由本身是非常大的机会，大家进入元培，可能比北大的其他同学有更多的机会，在北大也可能比中国其他高校有更多的机会，但是这些机会既意味着很多可能性，也伴随不少的压力和焦虑。

随着未来一年在元培的学习，你们会越来越多地意识到：**自由本身不能造就一个更好的人，而是你怎样运用好给你的机会、自由和选择。**

从新生营开始，你们听每门学科的介绍，之后做学科的选择、课程的选择，第一年你们要考虑把精力花在社团活动、交友还是学习上，所有的方面都是元培选择的一部分。你们将要成为什么人，大概就在第一年你们做的每项选择上。刚才高校长谈到了胡适先生，提到了这些选择对每个人的影响，而对你们来说，选择可能非常具体，就在你选一门课是因为这门课可以给你带来更好的绩点，还是使你能有机会发现自己的能力、挑战自己的极限，还是说这门课更多的功能是得到这两个学分。

所有的这些都可能影响你在北大的学习，影响你将来想成为什么样的人。在大学之前，大家的努力方向可能都差不多，你们想进入最好的学校，找到最好的、最理想的专业，那么现在，大家的方向和选择可能会有非常大的差别。

我想，第一条建议可能是非常空洞的，但是我希望大家在用你的选择和自由的时候，想一想，**你想通过你的选择、你的自由变成什么样的人，这是元培给你的机会最大的意义。**

第二条，我想先念一下我上学期期末看到的一位匿名的元培大一同学发的内容：

> 说实话，元培要比其他院更自由一些，自由选专业，自由选课，有时自己都不知道自己选的是什么，上学期的专业也是换来换去，尤其在每门课上都遭受打击，自信心几乎跌到谷底，之前的雄心壮志早就不知道哪里去了，颓

废放荡了一整个学期。高中阶段的好习惯也渐渐消失，变得懒惰、畏难、自卑。荒废了半年这学期才开始追赶，一直相信有努力才可能有回报，坚持了一个学期，终于有了回报。的确北大教会我的第一件事就是承认失败、承认平庸，然后教会我的就是平庸不可怕，失败不可怕，放弃才可怕。

大家都是刚刚高考结束，获得了非常辉煌的成绩，很可能是你们家庭、你们家乡最优秀的、最光彩的一部分，但是我想给大家的建议是，来到北大，重新开始，从头开始，大家要在北大找到自己新的起点。不要害怕失败，越早失败，可能越早看出自己更适合什么，然后重新开始。而不敢尝试，遇上一点小的挫折就丧失全部信心，这不是北大要培养的人。

我们要培养的是能够经历失败，能够勇敢尝试，然后找到自己真正适合的东西的人。在元培，要做新的尝试，一定会遇上这样的风险，而且很可能你会遭到特别大的挫折，你发现你不再是所有人眼中唯一的那个焦点，你看看周围的同学，这个聚光灯不可能打在每个人的脸上。但这没有关系，你在北大会成为你自己那个意义上最优秀的人，关键是你要找到那一点。

这是我要给大家的第二点建议：**慢慢接受你在北大的新角**

色，找到自己最适合的那个东西，最适合的学科，最适合的信念，还有你的人生理想。这四年，你可能会找到未来一辈子最想做的事情，这可能是元培能给你的最大的机会。希望你能够勇敢地去利用这个机会，能够承认自己在失败中得到的东西。

最后一条，我想问问：大家来北大能得到的最大的机会究竟是什么？

北大当然是中国最好的学校，有亚洲最大的图书馆，还有最好的老师，但我想，可能大家并没有意识到，你在北京大学，在元培学院，获得的最大的帮助是你和全世界最优秀的同龄人在一起学习、生活四年的机会。

你在这四年中很少会意识到这点，但当你离开这个学校，你会意识到你曾经和多么优秀的一批人度过了一段美好的时间，而在这段时间里也是他们帮助你成为你自己想要成为的那个人，你可能从他们身上学到最多的东西。和其他学院不一样，你的室友、你周围接触的同学可能和你不是一个专业的，甚至他们学的百分之九十的课你从来没有去听过，但也许就是他在课下无意间提及的、在宿舍夜聊时谈到的可能会改变你的一生。

所以我想说的第三条就是：利用元培这个机会，和更多的同龄人成为朋友。

元培不仅是个学院，也是你们生活的共同体。从同学那里

「永远的校园」

学到更多的人才是真正的领袖。越是优秀的人实际上是越能学习的人。这才是北大、元培给你提供的无与伦比的机会。只有借助这样的机会,运用好你的自由,勇敢地去尝试,你们才能成为填报志愿时希望成为的那个真正意义上的北大人,成为未来能给中国带来更多希望和机会的人。

谢谢大家。

(在北京大学元培学院2018年开学典礼上的致辞)

灯火阑珊处

不忘来时路

高毅勤
（北京大学化学与分子工程学院院长、教授）

亲爱的同学们、家长们、嘉宾们、老师们：

上午好！

首先祝贺同学们度过了在北大化学院的若干年或煎熬或享受的学习生活，得到了年轮、知识和个性的成长。

中年人给青年讲道理，是最不自量力的事情。人过四十天过午，记性越来越差了，况且承平日久，难免懈怠。今天我就主要聊聊怕自己忘记的几件事情吧。

民以食为天，先从吃的说起。毕业座谈上，同学们说起食堂的事情，才发现我快忘记读大学时为了省钱，整整一个学期荤腥未沾，站在星星点点肉菜前猛咽口水、狂翻酸水的感觉，却清晰记得，太太提醒我现在食堂的花样太多，而我总是禁不住贪吃，体重又增加了，身体指标令人担忧了。

努力记住，时代变了，追求会变。一时之美食可以成为

「永远的校园」

下一时之毒物,一人之宝也可以是他人之害,因而诸事不能太执念。

最近涨工资,进超市购物时有点大手大脚了,几乎忘记小时候到百货商场,虽然货架空但口袋更空,因此要受售货员呵斥的事情了。但记得很清楚,我由于母亲也遭受冷眼而产生的愤懑,更记得那时父亲母亲常常讲我们的生活多么幸福:不用躲日本人,也不用怕"还乡团",还有吃有喝,不用饿着肚子入睡。我父亲常说的一句话是:"多少人没有熬过来呀,没什么值得抱怨的了。"

这些记忆,使我在觉得太惨的时候,认识到正是因为之前那些比我惨得多的人挣扎过了,我才没有更惨。

许多同学很快要漂洋过海,负笈游学。我已经忘记1996年如何在凌晨出发去的美国使馆了,但记得使馆门前乱糟糟、黑压压的人群和推搡,出租板凳、售卖机票的壮汉或大妈的威逼利诱、签证官的冰冷高傲,也记得自己对美利坚的期待与向往、对签证结果的忐忑,以及这些因素混合产生的些许自豪感和羞耻感,甚至记得当时想做个争气的中国人的决心。同时,我没有忘记加拿大出生、祖籍立陶宛的犹太恩师对我的教诲、宽容和真诚的爱。他真正开启了我的事业,改变了我的人生。那些年对我帮助很多的还有许多同胞,也有很多美国人、俄罗斯人、德国人和日本人,等等。

> **不忘记，可以给我更多的看待世界与社会时的理性，也使自己明白，尊重不是无缘无故产生的，是需要文化、物质和精神基础的。过于钝感和过于敏感都不怎么可取。**

从大处讲，有多少中国人看到"辽宁号"下海、"北斗"升天会不记得1840年的珠江口、1937年的卢沟桥？我们也不应忘记那时的裹小脚、午门斩首和黄河泛滥。"三座大山"是真实的存在，而且相互关联。国门打开、民族觉醒和自立才有了我们今天看世界的胸怀，有了我们这个古老民族重新焕发生机的机会。凶神恶煞的既是断命的阎罗又是最好的老师，温情脉脉的既是留恋的家园又是腐朽的陷阱。不能忘记前辈的挣扎和奋斗，因为历史告诉我们：不自强，世界一片黑暗。

毫不夸张地说，这四十年我们中国人目睹了人类历史上物质条件进步的大半历程。我的食堂经历就是一个小小的侧面写照。中国变化太快，以至于可能很多人看到现在的深圳记不起四十年前它是个小渔村，记不起北大西门外曾经是绵延的稻田，不知道过去的火车是需要连续站几十个小时而且没有厕所可上的。

中国巨变源自一代代平凡人的知耻后勇和不懈付出，其中包括我的父母，也包括你们的父母。我们莫要忘记那些蜂拥南下追求美好生活的劳动者的后代中还有人在做留守儿童。北大化学科研有一定水平了，某些排名很靠前了，但是也莫要忘记我们离发现有重要价值的科学真理还有实实在在的距离，所以还有"中兴事件"和被动的贸易战。

不忘记，是为了感恩，为了自我激励，也是为了不再犯曾经的错误。

这个夏天还有雾霾，但我既记得几个夏天前严重污染下的车水马龙，也记得儿时蓝天白云下的家徒四壁；奇怪的是我相信，未来生活会富有，天也会蓝，因为我们懂得不停地去追求美好。我一定不忘记：真诚理智的努力才有好的回报。

说了半天自己，总得说说对你们的祝福。祝福在北大的这些年成为你们永远不忘记的精神财富。**谁的青春没有不完美的记忆？谁的努力没有不被看见的地方？谁的坚持里没有泄气的念头？谁的竞争没有落下风的时候？可是，就像中国所经历的一样，不论一开始时显得多么落后、弱小、困难、无希望，只要坚持够久、立意够深远、用心够良苦、精神够自由，你们会在未来的某一天惊叹自己的成就。**那时，请你们记得是如何一步一步走过来的；请你们记得全面、客观、宽容、理智地看待自己的经历；也祝福你们那时依然记得对世界的好奇、对生命的热爱、对自然的敬畏和对未来的期许！

一句话，请记得你们需要代表一个新的文明高度！

祝大家前程似锦。

（在北京大学化学与分子工程学院2018年毕业典礼上的致辞）

路在脚下，道在心中

文东茅
（北京大学教育学院教授）

亲爱的同学们好！

大家就要离开母校了，作为老师，总是有很多的话需要叮咛，我也觉得有些重要的话必须在重要的场合中一再强调，如果毕业前还不说就会终身遗憾、内心不安。

什么话如此重要、非说不可呢？就是一个字："道"。韩愈说：师者，传道，授业，解惑也。我反思自己在给你们上课时，并没有有意识地传过道。这是一种失职，所以我必须抓住今天这最后的机会弥补过失。

很多人都说，现在的教师只是传授知识，最多只是授业解惑，而没有传道了。为什么不传道呢？因为《道德经》开篇就说"道可道，非常道，名可名，非常名"，道都不可道，怎么可以传呢？更何况，要传道，必须是有道之人，大家都觉得自己从来没有悟道、得道，怎么敢去传道呢？以前我也这么认为。

后来读了《中庸》，其中说道："道也者，不可须臾离也，可离非道也。"也就是说，我们从来没有离开道，人人都有道，教师有师道，医生有医道，商人有商道，甚至盗亦有道。可见，在座的各位都是有道的，只不过不同的人道行不同；每位老师也都在传道，只不过不是有意识地言传，而是不自觉地身教。《中庸》开篇还说："天命之谓性，率性之谓道，修道之为教。"上天赋予万物的使命是"性"，即天性或本性；遵循这样的天性而行就叫道，就走在正道、天道上；不断修正自己的人生道路，使自己不偏离正道，这个过程就是教。可见，《中庸》不仅清晰地告诉了我们何为道，也指出了教育的根本任务就是修道，使人找到正道，走向大道。

怎么才能找到正道、大道？我觉得至少有三条途径。

第一，走进经典，因为"文以载道"。《大学》开篇就讲"大学之道，在明明德，在亲民，在止于至善"，《道德经》通篇都在讲道，都在反反复复、不遗余力地告诉我们何为天道、人道，其核心思想，概而言之，就是最后一章的总结陈词："天之道，利而不害，圣人之道，为而不争。"天之道就是圣人之道，就是"万物并育而不相害，道并行而不相悖"，是要成就一个天地万物和谐共生的美好世界。

不仅四书五经在讲道，西方经典也蕴含着道。这些经典就在那儿,可惜我们很少有人去看,如果用读外语的时间的十分之一读古圣先贤的经典,我们的人生智慧早就不可同日而语了。更可惜的是,有些人浅尝辄止,读了也不信,也不行。"上士闻道,勤而习之;中士闻道,若存若亡;下士闻道,大笑之,不笑不足以为道。"同学们,你是上士、中士还是下士?所以,尽管大家已经硕士、博士毕业,还是**希望你们都放下自己有限的人生"小道",谦卑地向我们最智慧的先祖们学习,真正修习大学之道、秉持中庸之道。**

第二,走进大自然,因为"道法自然"。道就是理,就是规律。朱熹先生说:一草一木皆含至理。草木枯荣、阴阳和合、四季交替,以至于生老病死,无一不蕴含天理、天道。这个世界最重要的规律就是普遍联系、相互作用,任何事物都是在与其他事物的联系中存在的,而这种相互依存、相互作用始终遵循作用力与反作用力相等的定律。在这样一个天地万物一体的世界,作为个人,是封闭还是开放,是利己还是利他,体现的不只是认识水平,也是道的高度。**《道德经》说:上善若水,水善利万物而不争,故几于道。水之所以近于大道,不在于其神奇的物理、化学特性,而在于其善利万物、为而不争。**大自然是最好的导师,其中蕴含着无尽的智慧,等待着我们去明觉精察、真知笃行。

所以,各位同学,毕业后走出了象牙塔,不要又局限于那狭小的格子间，沉迷于虚幻的网络世界，而要时刻不忘广阔、神秘的大自然。面朝大海，春暖花开，把自己化作雨露滋润万物，变成阳光温暖世界，我们就是上善若水，就几于道。

第三，走向内心深处，因为"人心所向就是道"。道就是路，有怎样的道，就有怎样的路，就有怎样的人生。人的一生有各种需求和向往，也在不断地进行选择，人生的道路就是由无数次的选择构成。那么，如何选择？基于后天的习性，就会追求安逸舒适、功名利禄，得到的最多是"小确幸"。基于内心深处清澈的良知，就会知善知恶、向善向上。

人心深处始终不变的是对幸福美好生活的向往和追求，这种向往和追求中就蕴含着无穷的智慧和力量。**修身、齐家、治国、平天下，这是《大学》为我们指明的人间大道。走向内心深处，找到明净的初心，选择为人民谋幸福，为民族谋复兴，为世界谋大同，生命不息，奋斗不止，我们就终生走在大道上。**

同学们，你们就要离开这美丽的燕园。离开之前，请停下匆匆的脚步，低首叩问：我要走向何方？走近圣贤，走进大自然，走进内心深处，走进人民心中，这才是人间正道。走在这样的正道上，即使有风雨，有沧桑，我们的步伐也将豪迈而坚定。

亲爱的同学们，离开校园，你们将走向远方。请记住：**路在脚下，道在心中。仰望星空，找到"北"，不忘初心，走向**

"大",做一个有"北"且"大"的北大人。

我愿与你们一路同行!

（在北京大学教育学院 2018 年毕业典礼上的致辞）

最美丽的意外

孙庆伟

（北京大学考古文博学院院长、教授）

各位老师，各位同学：

首先欢迎 42 位 2018 级本科新同学。欢迎你们在 2018 这个具有纪念意义的年份来到刚刚度过 120 岁生日的北大，欢迎你们来到北大考古文博学院！祝贺大家成为北大人！

看到你们青春的脸庞，我的记忆刹那间回到了三十年前，也是这样一个秋高气爽的日子，那时的我，据说也和今天的大家一般青涩。那一次，我在拥挤不堪的绿皮火车上站了 34 个小时，从祖国南方的一个小县城第一次来到了燕园，来到了未名湖畔，来到了当时的北大考古系。我还记得刚到学校的那些天，我拿着搪瓷饭盆，穿行并迷失在学一食堂和 32 楼之间。和现在的大家一样，对北大一切的一切充满了憧憬和期望，但心底也曾掠过一丝说不出的迷茫。

我知道，在座的各位同学，特别是本科同学，因为兴趣而主动选择考古文博学院的只是少数,更多同学则是为了圆梦北大的现实考虑而无奈地来到了这里。你们高考志愿书上的第一专业,或许将像你的那个没有在一起的初恋男友或者女友一样,成为你心底永远怀念的那点"小美好"。

确实,我们人生的选择,往往"真相只有一个":得不到的,才是最好的。但英国"毒舌"作家王尔德的话就更加让人扎心了,他说"人生只有两种悲剧:一种是得不到我想要的,另一种是得到了"。当然,我并不是说要大家选择遗忘,这就如同让大家忘记自己没有在一起的初恋一样不现实。

坦白地说,三十年前,考古专业也并不是我的第一选择。但今天,我想告诉大家,这对我而言,简直就是"最美丽的意外"。

诚然,我入学的时候,还是在那个理想主义年代的尾巴梢上,文史哲还是很多人心中"高大上"的专业,我来到北大,身边都是学霸,在他们的刺激下,对考古的那一丝迷惘,很快就被藏在了心底,转而投入到学习中,想努力搞清楚"考古为何"。而在当时,俞伟超先生的那本《考古学是什么》还没有结集出版,李伯谦先生的《感悟考古》更是尚在酝酿之中。我自己与考古的际遇,一如胡适之先生的那句著名吐槽,人家是"恋爱以后才结婚",而我们是"结婚以后才恋爱"。

但是今天在这里,我并不打算告诉大家我个人追寻"考古为何"这一问题的答案。因为,北大考古文博学院有第一流的老师,有系统完善的课程体系,有世界一流水准的实验室,还有遍布全国各地的田野考古和文化遗产教学基地,在接下来的几年当中,同学们有足够的时间,用心去体悟"考古为何",去发现考古的美好。

在这个大家与考古正式"在一起"的值得纪念的日子里,**我更想对同学们说的是,比起探索"考古为何"的具体知识答案而言,最为重要的,我们必须首先关切"考古何为"这一根本性话题,只有真正理解了考古学的属性与使命,才能生发出对考古志业的毕生追求与坚守。**

回答"考古何为"这一问题,需要我们用学术研究和社会服务来回应"时代的声音"。问题就是时代的声音,我们每一代人都是历史中人,都需要把握时代的脉搏,聆听时代的召唤,提炼出学科的时代命题,并做出自己的回应。

回顾中国考古学的百年历程,从她诞生之日起,从来都不是枯守书斋的"神州袖手人"。从梁启超的"史学革命"到王国维的"古史新证",从顾颉刚的"破坏之后得有新建设"到傅斯年的"上穷碧落下黄泉,动手动脚找东西",从李济追寻"中国文化的开始"到苏秉琦"六十年圆一梦","修国史,写续篇",20世纪以来的中国考古学早已与中国文明的现代化进程,与近代中国的跌宕起伏和救亡图存深深地缠绕在一起。考古学有如日光下的一滴水,映照出五千年中华文明长河的辉煌,也饱含着中华优秀儿女探寻文明荣光和民族自强的艰苦卓绝。

同学们，中华民族即将迎来伟大的复兴，这绝不是简单的"大词"和"口号"，而是我们身处的时代，已经在深刻并持续影响着我们每一个人的生活。今年入学的2018级本科同学们将是幸运的一届北大考古学子，你们不仅身处大时代，而且四年之后你们毕业的时候，将见证北大考古学科的百年华诞。

什么是百年北大考古对当今时代的回应？我们能为中华文明自觉和文化自信贡献何种力量？这是每一个北大考古人无法回避的时代命题和不容推辞的历史责任。

记得两个月前，我在欢送你们学长的毕业典礼致辞中谈到，北大考古学科人才培养的愿景是卓越的"中华遗产的保护者、中华文明的诠释者、中华文化的传播者"，这当然更多的只是我个人的一种期盼，我其实更相信，每一个北大考古人，都能够从自身的体悟和践履中，给出更加多姿多彩的百年回响，中华民族和中华文化的复兴大业中，理应也必将有北大考古人在场。

回答"考古何为"这一问题，需要我们在当下"古今中西之争"的激烈碰撞中重塑文明源流，重判文明价值。

前不久，哲学系的吴飞老师给我发了一篇他的新作，题目叫《从古史重建到经义新诠》，在这里我想跟同学们分享这篇文章里面的一段话，这并非是因为他这篇文章是评论我的新书《鼏宅禹迹》而写就的，而是因为吴飞老师在文章里说，"古

「永远的校园」

史重建与经义新诠的共同使命,乃是诠释中国的文明理想",一语道出了以"经史合流"的路径来重塑中华文明的精神担当。他在文章中这样写:

> 我们未必将尧舜禅让当作最高的礼法境界,但可以研究中国古代国家的形态中蕴含着中华文明对国家制度的独特理解;我们未必靠《周易》占卜来看待死生祸福,却可以在阴阳五行的思想体系中体会生生的智慧之源;我们未必将《诗经》中的每一篇都与天子诸侯联系起来,却可以在风雅颂中看到中国思想对待喜怒哀乐的态度。现代学者不大可能以复见三代之治为志业,却可以去辨析三代文明体系中对天地、人伦、家国的思考方式,从而寻求更适合现代人的生活形态。

我为吴飞老师的这段话所深深打动,我想在某种程度上,这也可以同样视作对"考古何为"的回答。

考古学是传统史学的近代延伸,中国考古学"古史重建"的初心直接秉承了传统史学"著史"的天职。以孔子作《春秋》为代表的著史传统,不是简单的历史叙述,而是"存亡国,继绝世,补敝起废"的"王道之大者",是足以"拨乱世"而"反之正"的经天纬地之道。"古史重建"不是对遗迹遗物的客观描述,更不是考古材料的简单堆砌，而是考古学者利用现代考古学方法，揭示文明可能性的一种承担方式，是对中国文明源流的解蔽与敞开，是对中华文明时代新义的解读与阐述，更是现代中国学人对传统文明理想的接续与发展。唯有回归到中国传统史学的"著史"传统中去，识大体，陈大义，有关怀，中国考古学才会真正成为有灵魂的学科。

回答"考古何为"这一问题，需要我们告别"考古学的贫困"，建立学科自我完善、自我创新机制。

中国考古学近百年来的思想大家、学术大家，无不对中国问题抱有深切的关怀，无不对中华文明怀有深沉的感情。我们专业的创始人、"考古学思想家"苏秉琦先生早已指出，**"考古学的根本任务在于要对中国文化、文明的起源与发展，中华民族的形成与发展，统一的多民族国家的形成与发展做出正确回答"，所以中国考古学"必须建立史论结合的、系统完整的史学理论体系"**。苏先生的警示促使我们对当下考古学研究的眼界、视角和方法作更深层次的反思。

在当前高度分工的学术体系和机制下，"道术将为天下裂"，是每一个学科都必须面对的现代命运。但中国考古学是独特的，她是近代西方科学方法与中国传统问题的完美结合，是"中体西用"的极佳典范，她扎根在五千年深厚文明和广袤的华夏大地上，根深、枝繁而叶茂，是"其大无外，其小无内"的宏大

「永远的校园」

学问。**中国考古学无穷的话题和旺盛的生命力，要求我们这个学科必须始终保持一种开放创新的姿态，努力走出思想的贫困。**就学科的现状而言，在强调"旧学商量加邃密"的同时，尤需警惕滑向"支离事业竟浮沉"的琐碎，我们的学科一旦陷入抱残守缺、自我封闭和自我满足的泥潭，必将导致我们忘却百年中国考古学的初心，忘却在"尽精微"之外尚有"致广大"的关怀与追求。

在今天这样的日子里，也许我已经给各位新同学唠叨了太多，话题也略显沉重，毕竟你们才刚刚开始可以尽情去享受在燕园的岁月。

北大无疑是你们人生的一个新阶段，就像田野考古发掘一样，在这里，一定会有一个属于你自己记忆的"灰坑"，尽管在一点一点探索和发掘过程中，你会有困惑，也有欣喜，有烦闷，也有期待，有心动，也有心痛，有挫败，也有释怀。而所有这一切的一切，都将丰富你个体生命的最真切而细微的体验。

之所以不怕大家嫌我啰唆，也只是想代表学院的老师们，将千言万语汇成一句话，为同学们带来一份衷心的祝福：

祝你们不负与北大考古的这一段青春际遇！

谢谢大家！

（在北京大学考古文博学院 2018 年开学典礼上的致辞）

人生伟大的拐角

刘　俏
（北京大学光华管理学院院长、教授）

各位老师、来宾，亲爱的北大光华 2018 级同学们：

下午好！

请允许我代表在座的光华教职员工向大家表示热烈的欢迎。本科新生，金融硕士同学，学术硕士和博士生，MBA、MPAcc 和社会公益硕士的同学，EMBA 以及来自光华–凯洛格国际 EMBA 项目的同学们，欢迎你们，欢迎来到光华！

尤其值得一提的是，在座的 2018 级 1100 名新同学中有近 100 名来自 34 个国家的国际留学生。你们分布在各个项目，呈现着不同的文化、不同的成长背景，甚至不同的宗教信仰。多样性和差异性不仅让百年燕园更加充满生机与活力，让我们能够更好地回归到"循思想自由原则、取兼容并包主义"的北大精神，也使得大家有机会从身边人那里学习到更多，培养更开放、更包容的精神气质。大学教育是现代人思想上的成人礼，

「永远的校园」

学习从不同角度思考问题,这将带来更多的创意和更积极的改变。

这些天,大家参加了许多具有仪式感的活动:本科同学刚刚结束为时两周的军训,你们热切地期待开学第一课的到来;MBA、MPAcc和社会公益硕士同学完成了一周的课程学习和拓展,我参加了你们名为"光荣与梦想"的迎新晚会,深深折服于你们的团队精神和卓越的艺术才能,我确信,北大光华的教育不仅给你们技能,更会带给你们梦想和志同道合的朋友;EMBA同学将在开学典礼之后开始为期一周的拓展和第一模块的学习;许多博士班的同学已经和指导教师在探讨研究课题,迫不及待地想尽快参与到推进人类知识边界的进程中来……这些充满仪式感的活动由来已久,植根于北京大学独特的文化和精神内核,是光华传统的一部分。它们在提醒你——记住,你是一名光华人!

今天我们特别感动,我们敬爱的厉以宁教授亲临开学典礼现场。稍过一会儿,他会把祝福和叮嘱送给2018级新同学们。

厉老师是光华管理学院的创始人,是光华的灵魂,更是光华精神和伟大传统的代表。光华的发展与中国改革开放几乎同步。三十多年来,正是以厉老师为代表的光华管理学院一代又一代的研究者和教育者,坚守致力于追求真理但宽容异见的科学精神,直面中国改革开放和经济社会发展的前沿问题和重大关键问题，以敏锐的观察、严谨的研究对国家经济社会政策的制定和中国管理前沿实践产生了巨大的影响，逐渐形成光华"以科学的研究方法和严谨的学术规范，做具有国际水准的中国学问"这样一个独特定位。

当禁锢思想的枷锁被粉碎，思想探索获得真正的自由，光华人以科学理性精神为指引的研究在拓展着我们对经济和社会发展规律的认知，促进着一代代人灵魂和精神的解放，并以思想和行动推动着社会的进步。独特精神的形成是一个可以破解的谜团。"因思想，而光华"这个宏大的叙事下面是无数个体坚忍不拔的努力。他们用不同的方式、节奏和力度诠释着、拥抱着这个时代，并留下深浅不一的印记。最终，所有这些故事融合成奔腾的河流，流淌贯穿岁月于始终，成为光华传统中最伟大的部分。

大学教育是人生一个伟大的拐角。

现在，你们来到了这个拐角。作为光华的现在与未来，你们注定将成为它传统的一部分，你们将用什么样的方式定义这个传统，传承它独特的精神呢？从这个拐角出发，你是策马扬鞭，击节高歌，做个不惑、不惧、不忧的顶天立地的人，还是主动或是被动放弃独立思考的能力，将思想自由拱手让出，孜孜于用各种"屠龙术"和"炼金术"以"短、平、快"的套利方式攫取财富？从这个拐角出发，你的未来取决于你将如何拥

「永远的校园」

有你的光华岁月。

我希望你们能够坚定不移地去追求真理,获取智慧。这不仅是人们对北大人光华人的期许,更是义不容辞的使命,是你们应该扛起的道德责任。

改革开放波澜壮阔的四十年,得益于思想解放所释放出的动人心魄的力量,我们亲历了人类历史上最大的一个经济奇迹。但我们必须认识到,中国经济和社会生活中一系列结构性问题的出现和发酵,正在严重挑战中国经济实现可持续的包容性成长。中国的未来取决于我们能否改变在过去四十年经济高速增长时期形成的错误认知和思维定式,直面发展过程中的各种问题和不确定性,在国家层面构建新的增长逻辑和商业文明,在企业层面构建新的商业模式。建立在逻辑推理和实证分析基础上的科学研究范式,能够真正帮助我们明辨特定的因果关系及作用机制,建立起对那些穿透时间、具有普适性的商业规律和经济规律的基本认知,让我们在同一个地方不会反复跌倒。

唯有真理,才能带来自由。培养科学理性精神,勇敢地去拓展已知世界的视野,提出撼动现有知识基础的问题,用新的答案去构建它们,引领商业实践和商业文明不断向上。

我希望你们展现出行动的决心和勇气。

古人说过,君子"不寝道焉,不宿义焉;言而不行,斯寝道矣;行而不时,斯宿义矣"。我们这个时代不需要惯于冷嘲热讽的"智者"和立于高处的俯瞰者。我们需要勇敢的行动者和参与者。他们穿梭于波诡云谲的大时代——行动着、坚守着。时代如此钟爱我们,给了我们巨大的机遇,也把无尽的挑战摆在我们面前。

我们必须深刻地理解到,我们正经历的一切在人类历史长河中曾经以怎样的形式反复出现。这将让我们对主宰世间的基本法则有敬畏之心,改变急于事功的焦躁心态。行动起来,用思想、声音和行动去做出改变;参与到实践中,任何微小的行动,都能释放出摄人心魄的力量。

我祝愿大家永远葆有希望。

诚然,我们生存的世界正急剧变化着:反智思潮在各地风起云涌,各类怪力乱神粉墨登场,形形色色的"思维泡沫"充斥周遭,肆意挑战着我们对本源和普遍性的深刻理解和对推进人类社会进化的规律的认知。混沌时代,我们更需要坚守希望。正如《基度山伯爵》里所说的,"人类的全部智慧都包含在这四个字里:等待、希望"。我们必须学习在一地鸡毛甚至是满地狼藉中果断接受"人类社会非线性发展"这一事实,接受生活的琐碎和卑微,提醒自己出发的原因,找回自己最初最美的冲动。

希望,让我们能够在一个不尽如人意的世界里沉淀下来,找到那些真正改变个人、时代甚至国家的东西;希望,能让我

「永远的校园」

们学习与各种不堪和解,从而有更大的力量继续走下去,去展现"定义美好"的能力和"建设美好"的愿力……

2018级同学,你们最终将发现,北大岁月于你不仅仅是一个闪念、三两片段、若干场景和一些旧事。它会更有质感,更沉重,也因此更美好。

世界一如既往需要真理、行动和希望,需要你们透过这一切带给它意义。身处人生伟大的拐角,你们责无旁贷,需要以最大的努力一起建设我们希望看到的未来,带给这个时代一个伟大的拐角。

我非常喜欢作家J. R. R. 托尔金(Tolkien)在《魔戒》里写的关于人生之路甚至时代之路的诗句,在这里和大家一起分享:

> 在下一个拐角,或许有
> 一条新路,或是一个秘密通道;
> 虽然我过去常常错过
> 终有一天我将
> 踏上这隐秘小路,走在
> 月亮以西,太阳以东。

(Still round the corner there may wait

A new road or a secret gate

And though I oft have passed them by

A day will come at last when I

Shall take the hidden paths that run

West of the Moon, East of the Sun.）

欢迎来到光华！欢迎来到你们人生伟大的拐角！

（在北京大学光华管理学院 2018 年开学典礼上的致辞）

知行合一，塑造"人生品牌"

贺灿飞
（北京大学城市与环境学院院长、教授）

各位老师，各位朋友，各位家长，2018届的毕业生同学们：

大家上午好！

今天，我们在这里隆重举行北京大学城市与环境学院2018届学生毕业典礼。适逢北京大学120周年校庆，我们2018届同学们在这一特别值得纪念的日子里毕业了。在此，我代表全院师生员工向获得学位的102名本科毕业生、69名硕士毕业生和36名博士毕业生表示最热烈的祝贺，向辛勤工作的老师们、默默支持你们的家人亲友们表示衷心的感谢！

正值绿树浓荫的夏日，从未名湖畔走过时，只要留心，你就会发现，枝头上开始陆续挂上成熟的果实。身处120年校庆的余韵中，北大标志性的红色在阳光下格外赏心悦目，告示我们身为北大人的责任与荣光。我和各位老师与同学们在燕园能够师生一场，是一件人生幸事！

同学们,教育的根本任务在于教给学生改变命运的思维,思维决定命运。你们在北京大学城市与环境学院的学习,短则三四年,长则十年。在你即将毕业之际,我不禁想问问你。

你在北京大学习得了什么?

你是否培养了批判性思维?批判性思维是科学思维,能够助你提出重要问题,通过逻辑推理,找到问题答案,助你成为知识的创造者。

你是否收获了综合性思维?我们的学科联系人与地,这是个复杂巨系统,深入这个系统,保持综合分析的全局观,探究其中错综复杂的关系,为人地和谐可持续发展寻找解决方案,助你成为知识的应用者和再创造者。

你是否具备了空间思维?空间思维是我们学科的基本素质。你脑袋里的地图应该是既能放大至整个地球,又能聚焦到一个村庄,知道以不同地理尺度观察一个地方。你应该能敏感于不同国家、不同区域、不同城市,甚至不同居住小区的差异性,并知晓其中原因。你也应该知道不同地方相互作用、相互依赖,是不能独善其身的。地理学有个第一定律:Everything is related to everything else, but near things are more related than distant things。这一定律告诉你,你不但需要空间思维,还需要普遍联系的思维。空间思维和联系思维将助你成为人类家园的呵护者和捍卫者!

这些思维能力是教育者的责任，也是你们作为知识分子的追求。我当然还想知道：**你们是否在北京大学充分地汲取了专业知识的丰富营养，是否掌握了完善自我、关心社会、服务国家的本领？**

同学们，城环学院是你们成长的家园和人生再出发的起点。我们的学科背景要求我们关心自然和人类社会的共同命运，深入开展对资源—环境—生态—城市的综合系统分析，寻找人类之间休戚与共的生存模式以及人类与自然和谐相处的方案。

在近期召开的全国生态环境保护大会上，习近平总书记指出，生态文明建设是关系中华民族永续发展的根本大计。生态文明建设正处于压力叠加、负重前行的"关键期"，已进入提供更多优质生态产品以满足人民日益增长的优美生态环境需要的"攻坚期"，也到了有条件有能力解决生态环境突出问题的"窗口期"。我们要留住鸟语花香、田园风光，要为蓝天白云、清水绿岸而奋斗。

生态文明建设任务迫切，生态文明建设事业任重道远。在未来整个国家乃至全球范围内建构生态文明的体系中，在形成绿色发展方式和生活方式的过程中，正有北大城环人格物致知、学以致用、大有作为的绝佳契机。同学们，无论你是继续深造，还是就业、创业，机遇正在面前，就看你们怎样把握它。

校庆前夕，总书记在北京大学师生座谈会上指出，**当代青**

年是同新时代共同前进的一代,既拥有广阔发展空间,也承载着伟大时代使命,这是最大的人生际遇,也是最大的人生考验。同学们作为北大毕业的青年人,更应特别领会其中的殷切期望。既要做追梦者,更要做圆梦人,要求真学问,练真本领,努力成为知行合一的实干家,做推动我国生态文明建设的实干家。

"知行合一"的实干家,要有"知",更要能"行"。在此,我想对你们提几点期望:

第一,热爱学习,终身学习。

走出校门是终身学习的开始。我们的学科兼跨科学与人文、理论与实践。要在真正有深度的思想面前保持敬畏之心,不被碎片化阅读和快餐式知识占用宝贵时间和精力,要通过更为系统、艰苦的思维训练成为一个有文化、能自新的人。查理·芒格说:"获得智慧是一种道德责任。"他还说:"我不断地看到有些人在生活中越过越好,他们不是最聪明的,甚至不是最勤奋的,但他们是学习机器,他们每天夜里睡觉时都比那天早晨聪明一点点。"

实际上,知识也遵循着同劳动、土地和资本一样的边际报酬递减规律。如果不能终身学习,你所掌握的知识和能力给你带来的回报很快就会耗尽。朱熹说:"无一事而不学,无一时而不学,无一处而不学。"终身学习使我们不仅具有与时俱进的能力,还有引领时代的气魄,更有超越自我的远大目标。智慧决定我们的高度,眼界决定我们的目标,让终身学习成为我们遨游人生的风帆。

第二,设定目标,行动起来。

"每一项事业,不论大小,都是靠脚踏实地、一点一滴干出来的。做人做事,最怕的就是只说不做,眼高手低。"你可能很熟悉这句话。实践中导致理想落空的,一是轻举妄动,二是空有理想不行动。"不实,在于轻发",兵书的智慧告诉我们,事情做不踏实,常由轻举妄动所致。对此,我认为设定目标和计划是实干的前奏,要有适当高于能力的目标,要对自己有长期和短期的规划,然后马上行动,不拖延。

"为之于未有,治之于未乱",《道德经》告诉我们,计划是实干的保障。合理的计划是你丈量行动的尺子,会成为实干的依据和督促。进度清晰可见,缺陷防患于未然。节奏尽在掌握之中,进退有度,避免琐事干扰,避免舍本逐末,更有利于成事,更加高效率。

第三,知行合一,超越自我。

思想家王阳明提出"知行合一",不仅要认识,尤其应当实践,只有把"知"和"行"统一起来,才能称得上"善"。"知行合一"最终指向人格的丰满和完善,这是一个极高的追求。这种完善需要通过具体目标中不断超越自我来实现。

如果你真的理解一件事对你的意义,知就是行,行就是知,这是哲学层面的知行合一。边干边学,通过学习指导实践,你意识到的东西能够迅速转化为行动,行不通的地方迅速调整,提升自己的认识,这是通俗意义的知行合一。内在的精神世界和外在的实际行动之间,存在一个不断碰撞、不断促进、不断突破的螺旋式上升过程,这个过程就是超越自我。

俗话说:"大事难事看担当,逆境顺境看襟度",这个过程需要勇气。英国诗人勃朗宁说:"人应该进行超越能力的攀登,否则天空的存在又有何意义?"我希望同学们知行合一,勇于突破,超越自我。

第四,敬业乐群,勤勉务实。

朱熹将敬业解释为"专心致志,以事其业"。我对此的理解是专心做好一件事,需要从容独立,勤勉务实,摒弃浮躁,执着专一。要努力成为知行合一的实干家,离不开对本职工作的精益求精、精雕细琢。

敬业不仅是职业技能的磨炼,也是一种内在的精神品质,更是一种人生态度。在工作中树立个人品牌,敬业就是尊重我们自己。现实生活中,我们常常称道德国的螺丝钉、瑞士的钟表,甚至是日本的马桶盖,而我们自己也有庄子"庖丁解牛"的匠心故事。中国社会经历了近代的沉沦与当代的崛起,在匠心实干上,除了先哲闪光的思想,事实上这些年来我们已经取得了巨大的进步。港珠澳大桥合龙这项雄伟工程就创造了许多

「永远的校园」

个世界第一。担任指挥的总工程师林鸣说:"按照国家标准,1毫米和十几厘米,对一项工程来说是一样的,但是通过你的努力能做成1个毫米的时候,它反映的就不是一个1个毫米的问题,可以说是你的国力,这样一个展示,它意义极为重大。"这是新时代的敬业精神和工匠精神。

综合国力在哪里,就在我们每一个人身上。塑造个人品牌与国家品牌其实是一脉相承的。我愿同学们都建设好自己的人生品牌,进而提升我们整个国家的品牌形象。

最后,我祝同学们在各自的人生中,有担当,不懈怠;有头脑,不从众;灵魂自由,体魄健康;有负重前行的韧性,也有凌空飞扬的活泼。

祝愿你们根深叶茂,生机勃勃!我和老师们期待着你们的好消息!

谢谢大家!

(在北京大学城市与环境学院2018年毕业典礼上的致辞)

点滴变化,美好心理

方　方

(北京大学心理与认知科学学院院长、教授)

亲爱的各位同学、各位家长、各位老师:

大家下午好!

今天上午我参加了学校举行的本科生毕业典礼,在大会上,我全神贯注地感受着、聆听着,也祝福着同学们。在这里,我还想再一次代表心理与认知科学学院的全体老师和员工,祝贺我们的毕业生,祝贺你们顺利毕业!同时,感谢各位老师的辛勤付出,感谢每一位老师的谆谆教诲,感谢每一位北大心理人的无私奋斗——有了他们,北大心理才有如此美好的今天。祝贺大家!

在此,我想带领大家再回顾一下我们这些年来走过的路。从 2014 年到 2018 年,这几年对于大家来说很重要,对于我本人和学院这一届行政班子也很重要。四年中,我们两度见证了习总书记来北大考察,聆听了他的教诲和勉励,进一步增强了奋斗的信心和动力。

从大的方面来讲,心理学院有很多令人激动的成就和机遇。

比如,心理学科入选了"双一流"学科建设名录,在教育部的学科评估中获得了"A+",国家"脑计划"落地实施为北大脑与认知科学发展带来东风,党和政府对于社会心理健康服务体系建设也越来越重视,这些都对我们的基础心理学和应用心理学的发展起到极大的促进作用,等等。所有这些成绩的取得都是全院师生一起努力的结果,所有机遇的捕捉和把握也是我们北大心理人共同拼搏的收获。

从小的方面讲,这四年中心理学院发生了什么变化呢?我也想举几个例子。

第一,在钱铭怡教授的领导下,北大心理咨询师注册系统建立完善,在国内发挥了重要引领作用。最近四年,我收到越来越多的求助,希望在北大找到一个靠谱的心理医生帮助一些孩子,这从一个侧面说明了北大在相关领域越来越受到大众的认可。

第二,2014年秋季学期是我第一次主持"普通心理学"这门课,在课程结束的时候,我让本科生每个人都写下了对这门课的评价,收回来看的时候,我觉得很糟心,大家提出了很多意见建议。其中,最重要的一点是:我们共十四章的课,每一章都由不同的老师来讲,每个老师的风格太不一样,有的同学觉得接受起来比较困难,老师们的讲课内容也难免重复。于是,在最近四年里,对于这门课我们一直在进行改进。值得欣慰的是,经过我们的努力,这门课的教学方式逐渐受到了同学们的认可和欢迎,在最近两年的课程评估中都获得了非常高的分数。

第三,我们在硕博研究生的招录,特别是专业硕士的筛选方面越来越严格,考研竞争也越来越激烈了,北大心理学越来越热门,关注度和报考人数不断攀升。

第四,近两年我担任了学校在北京市的招生组组长,在开展招生咨询的过程中,我收到了越来越多家长关于心理学的咨询,他们眼中的心理学也不再仅仅是心理咨询,他们也会说:你们心理学院也做脑科学和认知科学的研究。这说明心理学在大家心中已经不再是"你知道我心里在想什么"的概念,北大基础心理学的社会影响力正在日益扩大。

第五,有关我们心理学院同学的出路问题。我带的三个博士今年毕业了,其中两个没有继续从事科研工作,一个选择到网易公司做人机交流和用户体验的工作,还有一个是去做教育领域的工作。有人问我放弃科研道路的学生有没有让我感到失望,我跟他说,我接受多样性,我接受一个人选择任何一种可以幸福、可以快乐的道路。同时,在我的学生拿到网易的 offer 的时候,网易的 HR 专门到我的办公室表达谢意。他说,网易第一次从北大心理学院招收到这么好的人才,希望我们继续送

「永远的校园」

去更多人才。

希望大家能够用心体会心理学院在这四年里究竟发生了什么样的变化。此时此刻,我也想再向大家提两点希望。

一是希望大家保持一颗学习的心、保持一颗求知的心、保持一颗向上的心,保持对未知世界的好奇、对未知世界的探索精神。如果没有这种精神的话,你们可能会飞奔成为中年的"油腻男"或"油腻女"。所以,衷心希望大家能够保持求知、探索、上进的精神,对未知始终充满渴望。

二是希望大家珍惜和巩固在心理学院受到的很多训练——科研的训练、实验的训练、定量研究的训练,以及与人沟通交流合作的训练——的成果。希望大家在今后的工作和生活中能够善于整合别人的观点,善于从他人的观点中看世界、看人类,理解世界的多样性和多彩性,只有这样,我们才能做得了更重要的事情,赢得更美好的未来。

最后,衷心祝愿各位同学前程似锦、身体健康,今后有时间常回北大、常回心院。

谢谢大家!

(在北京大学心理与认知科学学院2018年毕业典礼上的致辞)

不泯温情与敬意

宁 琦

（北京大学外国语学院院长、教授）

尊敬的各位老师，亲爱的同学们：

大家好！

今天，我们在这里隆重举行2018级研究生新生开学典礼。同学们一路勤学苦读，选择我们学院的不同专业作为自己未来的研究方向，进一步提升自己的专业技能和科研能力。在此请允许我代表北京大学外国语学院全体师生员工，向多年辛勤培养你们的父母和老师表达衷心的感谢和诚挚的敬意，向在座的你们——178名研究生新生表示热烈的祝贺，欢迎你们成为北大人、外院人！

纵观学院的历史，一代代北大外院人从这里出发，秉承着爱国、进步、民主、科学的精神在实践中不断提升学术水平和人生境界，在奋斗中谱写了无数精彩的华章。从今天起，你们将成为北大外院乃至中国学术建设的参与者、见证者，作为老师，希望同学们能常常思考下面几个问题。

一是先立德后树人，学以成人。

学院的发展和建设离不开一代代前仆后继的外院人，我们学科的很多前辈学者，如曹靖华、冯至、季羡林、李赋宁、马坚、朱光潜先生等，都是以德立身、以德立学、以德施教的丰碑典范；学院的刘意青、韩加明、赵振江等多位老师荣获"全国优秀教师""北京市师德标兵"，他们学高为师、身正为范，甘当铺路石……这些以心血做学问、用生命写文章、倾所有爱学生的可亲可敬的前辈们、老师们彰显了教师这一光荣职业的本色。

同学们要善于从学院优秀的历史传统中汲取力量，向身边的师长们学习取经，学做学问，先学做人。**爱因斯坦曾写道："大多数人说，是才智造就了伟大的科学家，他们错了，是人格。"人格是一个人道德品质和个性的综合体现，高尚的人格包括崇高的德行、独立的精神、宽广的胸怀、坚定的意志和强烈的社会责任感。**我希望同学们在学术研究时用敬畏的态度和审慎的目光对待自己的每一份学术成果，使其对得起内心的良知、学术的尊严以及社会大众的期待。

二是从优秀到卓越，学无止境。

谈到追求学术的精进，在学院教师团队的共同努力下，北京大学外国语言文学学科不仅在全国四轮学科评估中均位居第一或者获得"A+"，在QS世界大学学科排名中现代语言、语言学等学科位居全球前 10 名，英语语言文学位居 30—40 名区间，彰显了我们学科的实力和影响力，是北京大学"双一流"建设中的重要力量。蔡元培老校长曾说："一个民族或国家要在世界上立得住脚——而且要光荣的立住——是要以学术为基础的。"

有人戏言研究生就是以研究为生，其实并非没有道理。选择学术研究的道路，任何投机取巧和急功近利都是行不通的。如果说本科阶段更注重语言文化学习，研究生阶段则更注重学术训练和创新，要以外语作为研究工具获取一手研究材料，在充分理解该语言背后深刻的历史文化内涵的基础上做出独立客观的研究，这是我们作为外语人的独特优势，是非外语学科的其他人文学科所不具备之长。当前中国的国际地位不断提升，与世界联系愈加紧密，对中国之外的区域与国家的全面研究在人文社科领域的重要性日益凸显，希望大家把握机会，珍惜光阴，脚踏实地，奋发有为，早日实现从优秀到卓越的跨越。

三是爱中国懂世界，学以致用。

立德树人、追求卓越的动力来自家国天下的使命。我们每个人都要志存高远，以天下为己任。即使是在日益全球化的今天，我们仍然能看到由语言文化的藩篱、制度理念的差异带来的动荡与混乱。作为北京大学人文学科的有机组成，外国语学院始终致力于研究、翻译、介绍外国文化和学术成果，以拓展中国文化和学术的国际视野，促进人类社会的文化和学术发展；

「永远的校园」

"学东西之文，融中外之学"也一直是师长对每位新生的期许。

我们在致力于培养"学贯中西、汇通古今""懂中国、懂世界"且有能力沟通中国和世界的优秀人才的同时，更期望大家常记心间的是对中国历史和文化的深刻理解和尊重。钱穆先生任教于西南联大时曾提出，要对本民族的历史和文化抱持一种"温情与敬意"。走到边疆，方知祖国辽阔；走向海外，倍觉故乡月圆。同学们只有具备了坚实的文化自信，打造扎实的学术功底，才能更好地展现出中华文化包容的气度，吸收世界各国的先进文化成果，架稳连接中外的友好之桥、学贯中西的文化之桥、守正创新的使命之桥。

亲爱的同学们，无论你们来自何方，抑或是有怎样的经历，来到北京大学的你已是同龄人中的佼佼者。学问值得你们去执着追求，做人也是你们要用一生去探索的大学问。所以在最后，我真诚地希望，同学们能够**充分利用在北大的时间，"勤学、修德、明辨、笃实"，潜心学术、志存高远，抵达高原，再攀高峰。在未来和北大挥手作别之时，成为北大的代言人，带上成熟、自信、勇敢、责任，去开辟我们新的人生道路。**

谢谢大家！

（在北京大学外国语学院 2018 年研究生开学典礼上的致辞）

故事恒久远，精神永留存

孙祁祥

（北京大学经济学院院长、教授）

亲爱的同学们，尊敬的各位老师、家长、校友、嘉宾：

大家上午好！

今天是个大喜的日子！首先，请允许我代表学院向2018届全体毕业生表示热烈的祝贺，向辛苦养育你们的父母表示衷心的祝福，向辛勤培育你们的老师表示诚挚的谢意。

好像昨天你们才来到博雅塔下，今天就要跟未名湖说再见了，时间真的过得好快！按照惯例，在学生毕业的时候，老师都要再送上一些寄语和祝福，而作为一名老师，尤其是在过去的八年中，作为院长，我在各种场合已经说了好多了，毕业典礼上再说些什么好呢？考虑了好久以后，我想，要不我就按照年代顺序跟你们分享几个我亲历的小故事吧。

第一个是关于王进喜的故事。

四十多年前我读中学时，语文老师曾布置我们写一篇有关

「永远的校园」

他的命题作文,从此,王进喜的名字和事迹就一直留在我的记忆深处。1959年,王进喜来北京参加国庆观礼时,看到街头行驶的公共汽车上都背着又笨拙又难看的"煤气包",才知道国家缺油到了如此地步。作为一名石油工人,他感到一种莫大的耻辱,当即蹲在街头哭了起来。他说他恨不得一拳头砸出一口油井来,把"贫油落后"的帽子甩到太平洋里去。1970年,王进喜病逝,享年47岁。然而,他的那句"有条件要上,没有条件创造条件也要上"的豪迈誓言,他的那种"宁可少活二十年,拼命也要拿下大油田"的铁人精神,不仅感动和激励了像我这样的一代人,而且有着永恒的生命力。

第二个是关于"选择"的故事。

1993年底,北京大学经济学院经济管理系从学院分出去,成立北大工商管理学院,即现在的光华管理学院;经院在原有经济学、国际经济与贸易、国际金融专业的基础上新增了保险学专业,院里把我从经济系调来组建这个新专业。1994年8月,学院送我去美国学习保险学。一年以后回国,一家猎头公司找到我,说是一家美国公司开出了30万元的年薪诚邀我加盟,我不假思索地就婉拒了。猎头公司的人有些不解:"孙老师,这只是一个开价,你可以提你的标准。"我说不是钱的问题。"那是什么?"她问道。

我说一来是因为我喜欢当老师,二来学院把我送到国外去学习，是为了保险学科的建设，我不能违背这个承诺。不是说地球离了谁就不转了，但当时第一届学生已经入校，而在专业初创期仅有的三位老师中，一位六十多岁的老教师不带本科生的课，另一位当时还在美国做访问学者，如果我再离开，连教课的老师都没有了，遑论专业建设。

当猎头公司的人得知我在北大的工资以后感慨地说道："孙老师，你在北大的月薪只有400多元，而这家公司给您开出的日薪差不多是1000元。虽然我没有挖动您，但我敬重您。""言而有信，承诺的事情就必须去做，而且要想办法做到最好，否则就不要答应"，这是我父母对我的教育，这也是最朴素的契约精神。

第三个是关于德国的故事。

2007年3月，我收到德国一家著名机构的邀请，去慕尼黑参加一场题为"2017之后的世界展望"的会议。请注意，我没有说错，是2017年，十年以后的世界展望，由此也可见德国人的远虑与前瞻。会议规模很小，只有该机构的所有董事会成员加上他们从世界各地邀请的8位演讲人。会议计划在10月份召开。

不久，我又收到对方联系人的一封邮件："孙教授，听说您6月要去美国参加国际保险学会的年会，恰好我们战略部的老总也会去，他希望能约您一块吃个早餐，当面再沟通一下会议的一些细节。"当6月我和该机构战略部的老总在美国见面以后,他把会议的背景等情况又跟我做了详细沟通。

10月份,会议如期召开。我们来自全球不同国家的8位专家学者每人分别做了15分钟的演讲,然后是大家讨论。回国不久,我又收到了这家机构发来的感谢信以及所有会议材料的汇编。

一个20多人参加的为期一天的会议,半年的准备时间,无数次的邮件沟通,会前见面……我真的为德国人的严谨所震撼。也就是从这件小事上,我读懂了"德国制造"的含义和工匠精神的真谛。

第四个是关于"两弹城"的故事。

虽然之前我对邓稼先等"两弹一星"功臣们的事迹略有了解,但当2017年我怀着崇敬的心情去四川绵阳参观了"两弹城"以后,那种精神洗礼和震撼还是难以用言语来表达的。

20世纪50年代末中苏关系破裂,苏联撤走所有专家并断定中国人20年也造不出原子弹,但"两弹一星"的功臣们硬是在一穷二白的艰苦环境中,以信仰为动力、以生命为代价,仅仅用了几年的时间,就让全世界见识了中国人的聪明与智慧、坚韧与不屈、自信与豪迈。1964年10月16日,中国第一颗原子弹爆炸成功,1967年6月17日,中国第一颗氢弹试验成功;1970年4月24日,中国第一颗人造卫星发射成功。

"两弹之父"邓稼先于1958年接受任务临行前与妻子许鹿希有过这样一段对话:"我要调动工作了。""去哪儿?""不能说。""去干什么?""不能说。""那我给你写信?""不能通信。这个家以后就靠你了,我的生命就献给这个将来要做的工作了。如果做好了这件事,我这一辈子就活得很值,就是为它死也值得。"这是一段朴实得不能再朴实,但绝对憾人心灵的夫妻对话。

"可以说,没有这些为中国'两弹一星'事业默默奉献的无名英雄,就不会有今天中国站在世界舞台中央的底气和魄力。"——这是我当时在"两弹城"经济学院爱国主义教育基地举行揭牌仪式时,泣不成声地说出的一段话。**我希望北大经院的青年学子以及更多的青少年能够去那里致敬英雄、学习英雄、争做英雄,弘扬爱国主义精神和奉献精神。**

第五个是关于"打工"的故事。

前不久有一个已经毕业了几年的学生回来看我,我问起他的工作情况,他说"我跳槽了",然后补了一句,"反正在哪儿都是给别人打工"。我的这个学生不是在抱怨,他只是在用目前社会上很流行、时髦的一句话来说明他的现状。我不知道是自己落伍了,还是位置摆得不对,因为我似乎从来没有过"为别人打工"的概念和意识。

不管是我当年做知青还是当话务员,不管是当老师还是"双肩挑"的管理者，我一直都很珍惜得到的每一个工作机会，一直认为是在做自己应当做的事情。如果非要用"打工"这个词的话，那就是，我一直在为自己打工。**我很欣赏日本著名实业家稻盛和夫的人生信条："始终以光明正大、谦虚之心来对待工作。敬奉天地，关爱世人，热爱工作，热爱公司，热爱国家。"**我始终认为，如果我们每个人都能具有主人翁的意识和精神，认认真真做好自己的本职工作，那么，这个社会就会更加和谐有序、富足安康。

毛主席曾经这样说过："人是要有点精神的。"人无精神不立，国无精神不强。正是靠着这种精神，中国人民在战争年代浴血奋战、在建设年代披荆斩棘、在改革年代攻坚克难。中华民族从一个任人宰割的民族成为一个独立自主的民族，中国从一个贫穷落后的国家成为一个屹立在世界舞台中央的国家。岁月流转，沧桑巨变，每个时代都有其独特的标志和气质，但伟大的中华民族精神一脉相传。

同学们，当年你们来到经院的时候，我曾对你们说："希望你们带着独立、质疑、求新的精神来这里学习。"今天，在你们即将离开学院的时候，我跟你们分享这五个小故事，**是希望你们在未来的人生道路上，在继续以"独立、质疑、求新"的精神探寻真理、获取真知的同时，以北大人"从我做起"的自律，以铁人精神、契约精神、工匠精神、奉献精神**

和主人翁精神，来塑造人格、完善自我，来服务社会，报效祖国。

再次祝贺你们圆满完成学业，祝你们事业有成、家庭幸福！希望你们常回家看看。

（在北京大学经济学院 2018 年毕业典礼上的致辞）

直下看山河

勇敢担当,学在路上

林建华

(北京大学校长、教授)

尊敬的各位老师、各位嘉宾,亲爱的同学们:

大家上午好!

又是一个离别的季节,这也是收获与感恩的时刻。祝贺大家顺利毕业!让我们把最美好的祝福送给每一位同学!

我们很荣幸邀请到钟梓欧校友。刚才,他讲述了在新疆偏远乡镇工作和生活的经历,令人感动,让我们一起再次感谢他!

从今天开始,大家将开启一段新的人生旅程。这将会是一段漫长的旅程,有鲜花也有荆棘,有欣喜也会有艰辛。人的一生中会遇到很多事情,需要做出判断和选择。有的选择让你幸运和自豪,比如说,你选择了北大,选择了刻苦学习,才有了今天的收获;有的选择可能使你纠结,甚至煎熬。其实不要紧,我们都是凡人,都难免犹豫、寂寞和焦虑,只要我们确信,确信良知、确信美好、确信未来,就能坚守正确的价值判断。纠结和艰辛都会成为财富，成为岁月长河中最宝贵的礼物。

在这里，我想与大家分享一个小故事。几周前我去了弥渡，这是云南大理的一个县，北大的对口扶贫县。进入弥渡，映入眼帘的首先是秀美山川和一片片梯田，山上散布着星星点点的居屋，景色别有一番诗意，让人陶醉。

第二天，我们开始走访山上的贫困家庭。经过几年的扶贫攻坚，山区的道路、住房、通信条件都有了一些改善。但那里的生存条件很差，缺地少水，靠天吃饭，即使是好年景，也仅够填饱肚子。我们看到一些贫困家庭几乎是家徒四壁，吃和用的水全靠水窖收集，甚至连灶台都是用石头临时搭成的。政府希望大家搬到山下，但很多人不愿意。我很理解他们。半辈子都没离开过大山，对他们而言，外面的世界充满了未知的恐惧和不安。当然，可能还有对儿时记忆的眷恋。

学校的房子是村里最好的。天真稚气的孩子们，眼中充满了渴望，他们渴望学习，渴望走出大山，渴望改变自己和家人的命运，孩子们质朴的愿望和纯真的言语让人心碎。看到苦苦支撑的教师和闭塞险恶的环境，我的内心充满了忧虑。我真心希望孩子们梦想成真。

在大山深处的牛街乡，我们也看到了另一番景象。村子内外有很多古茶树，有的已经存活了近千年。建立不久的茶场虽然还没有盈利，但充满喜悦的村民，让我们体会了大山的慈祥和恩惠，感受到了人与自然的和谐及其力量。在这里，我要特别感谢光华、经院、国发院、法学院、国关、艺术学院、信息学院和工学院等 8 个院系，他们对口帮扶弥渡的 8 个乡镇。我们的很多老师都多次深入偏远的乡村，出谋划策、寻找资源、筹措资金，帮助兴修水利、发展产业、改善教育和人们的生活。我还要感谢在弥渡挂职和支教的师生，感谢所有参与对口扶贫的老师和同学们，感谢他们辛勤的付出和深厚的情谊。

走在崎岖的山路上，我一直在想一个问题：什么是北大？什么是北大人？

北大是一所伟大的学校，她的伟大不仅体现在卓越的教育和学术，体现在追求真理的科学精神，还体现在对社会正义的不懈追求和深深的人文情怀。早在一百年前，蔡元培就提出"劳工神圣，人人平等"，并倡导创办了"校役夜班"，傅斯年、罗家伦等一批学术大家亲自授课。邓中夏、廖书仓等人还组建了"平民学校""平民教育讲演团"，传播知识、唤起民众的自觉。

直到今天，北大仍然保持着"平民学校"的传统，很多在工勤服务岗位上的工友，白天工作，夜间学习，追寻自己的人生梦想。北大永远都是追求卓越的，但我们的精神是平等的，我们的心胸是开放的，我们的爱是没有疆界的。

北大人满怀着一腔青春热血和家国情怀。在艰难险阻的

「永远的校园」

中国第一次西部科学考察中，在千里跋涉的西南联大路上，在祖国的西北边陲，在荒漠深处原子弹的试验现场，到处都可以看到北大人坚定的足迹。今天，有更多的北大人选择去西部、去部队、去基层，去开创不同的人生。"只要天下还有贫穷的人，就是我们自己在贫穷中，只要天下还有苦难的人，就是我们自己在苦难中"，林毅夫老师的这段话道出了北大人的心声和胸怀。

同学们，我们国家的发展仍然很不平衡、很不充分，消除贫困是一场实现全面小康的攻坚战，也是一代代北大人的追求和理想。我们要感恩弥渡。作为一所学校，我们能为弥渡人民做的事情并不多，对弥渡脱贫的贡献可能真的微不足道。但弥渡人民却给予我们极大的信任和关照，使我们能够亲身体会消除贫困的艰辛，使我们能够在实践中磨炼意志、践行理想。我们从弥渡人民身上学到的、体会到的精神营养和力量，远远超过了我们能够给予他们的帮助。谢谢他们！

两个月前，习近平总书记来到北大视察，希望青年人要"爱国、励志、求真、力行"，真正成为社会主义的建设者和接班人。

人生就像是一部书，每个字、每一行、每一页都是用我们的行动书写的。"责任"并不是一个甜美的、轻盈的词，而是一副沉甸甸的担子。负重前行正是一代又一代中流砥柱最美的英姿。当你帮助山区孩子实现梦想的时候，当你用智慧和勇气帮助人们摆脱贫困的时候，当你竭尽全力使无助的人重燃生命之火的时候，你是在用爱书写着自己的人生。帮助别人就是在塑造一个更好的自己。感恩与珍惜会使你的心胸更宽，奉献与付出会使你的视野更广。在未来的人生路上，我们要思考和探索大道理，更要从身边的事情做起，"勿以善小而不为，勿以恶小而为之"。

最后，让我们一起来观看一个视频《弥渡谣》，再次感谢大山和弥渡人民给予我们的爱和包容，让我们谨记为国家、为民族复兴奉献与奋斗的誓言，也让我们为身边认识或不认识的每个人绽开我们的笑脸。

从此后，无论披星戴月、跋山涉水，无论身在何方、从事什么职业，愿北大人远离平庸、勇敢担当、学在路上！

祝大家一路平安！谢谢！

（在北京大学2018年毕业典礼暨学位授予仪式上的致辞）

记住你的美好，引领中国拥抱世界！

陈若英
（北京大学法学院副教授）

亲爱的同学们，尊敬的校友、来宾和我的同事们：

大家上午好！

我是北京大学法学院教师陈若英，也是法学院95级本科生校友。

在十三亿人的泱泱大国，各位同学能走进北大法学院，在燕园和万柳度过春夏秋冬，穿上毕业服来到今天的会场，挺直腰板，绽放笑容，这是多么了不起的成就！我为你们骄傲！

作为母亲和女儿，我也深知，同学们这一路上得到了亲友多少帮助，甚至是牺牲，尤其是你们的父母。正是他们的无私付出和对我们的信任，这校园才得以分享和记录同学们鲜活、感人的青春记忆。在此，请让我们对强大亲友团表达深深敬意和感谢！

还有我可爱、可敬的同事们，智慧、执着和真诚，营造了一个真正的精神家园，还给予我如此的殊荣。

　　含蓄和内敛是我们文化的特质。但此时，我还是想提议，所有的同学、毕业生亲友、校友、来宾和我的同事们，请站起来，伸出你的双臂，给你左右的邻座一个大大的拥抱，祝贺大家所取得的成就，一起祝福即将从北大法学院毕业的同学们！祝贺你们！

　　请就座，谢谢大家。

　　在此，我恳请大家记住这个拥抱和祝福里传递的美好、温暖和光芒，哪怕只有几秒、几十秒。因为，这是最真实的你。

　　与此同时，未来的不确定性、命运的无常、人性的晦暗、公共决策中的失误与俘获、资源的错配，也都是真实的。在座不少的同学和亲友甚至曾经和正在与这些冷冰冰的真实过招。在每个人的生命中，这样的境遇几乎不可避免。

　　然而，我相信王小波说过的话："**如果我会发光，就不必害怕黑暗；如果我自己是那么美好，那么一切恐惧就可以烟消云散。**"

　　每一位即将毕业的同学，请记住和热爱你的美好，为这个美好的自己而骄傲。

　　这不是自恋，而是对人性光辉的热爱与坚守。

　　记住这一点，我们也许才能真正做到"己所不欲，勿施于人"。在运用权力、分配资源、进行集体决策甚或是简单消费时，你也许会想想，是否愿意放弃那个美好的自己而留下丑陋、不堪或是只能藏在皮袍里的"小"？

如果你记得、在意那个美好的自己，站在披着制度外衣的愚昧、谎言、虚伪甚或是罪恶前，你怎会容忍自己成为它们的工具甚或是帮凶？

当日益强大的科技、资本与实现野心的可能性从四面八方涌来吸引我们、召唤我们、带给我们某种成就感时，如果我们还能记得那个美好的自己，想要捍卫那个美好的自己，也许，我们就能获得更多勇气，驻足、反思、拒绝甚至是反击，阻止我们自己和他人踏上歧路。

面对与你同样美好的孩子、父母、亲友甚至是陌生人，当他们遭受制度性的威胁和碾压，如果你仍然记得和怀念自己的美好，怎会任自己沉默忍耐直至麻木和无动于衷？

每每这样的时刻出现，恢复和守护美好人性的愿望就会点燃我们的智慧，推动我们在暗夜中思索甚至是行动，让我们手拉着手一起修正甚至是重塑既有的法律制度。

这，是北大法律人的坚守，也是我们对未来的承诺。

同时，我们不要忘记，"北大是常为新的"。这不仅是个事实，更是一种责任！

即将毕业的同学们就面临着一个全新问题。而这个问题，是我这代人毕业时从未想象过的：在今天和未来，一个来自中国的世界公民和世界领袖意味着什么？如何处理好我们这个民族国家与其他国家、其他民族与世界的关系？

差不多二十年前，当我毕业离开北大法学院时，中国作为发展中国家的定位是毋庸置疑的。彼时，非洲一些国家、亚洲"四小龙"和印度的发展成就更为引人瞩目。在普通法的百年老店里做了学生和小学徒，我得到了发达国家和富裕人民的款待、帮助与示范；无论是在物质、制度还是文化方面，都是如此。在我的青年时代和早期职业生涯中，中国一直在向另一个世界了解、学习，努力与之合作共赢。发达国家和它们所主导的企业和国际组织对发展中国家的资助、提携与合作，助力了我们这代中国人所经历的经济增长和生活条件的改善，也塑造了我眼中的世界。

一直到今天，儿时清贫生活的记忆和快速奔跑后喘息时的慌张、无措、迷茫仍然伴随着我。这样的经历，让我们在为自己骄傲的同时，也更关注当下中国发展中遗留的问题与不足、更容易在比较中陷入自卑抑或是自大。我只能遗憾地说，我们这代人并不具备站在中国之外的角度客观审视中国的能力与视野。

但你们是完全不同的一代。

当你们于20世纪末出生时，中国已经创造了人类历史上前无古人的奇迹：七亿人在大约三十年的时间里达到了联合国制定的脱贫标准。尽管我们的人均GDP仍然停留在发展中国家的水平，但在GDP总量、基础设施建设、公共服务和政府治理方面，中

「永远的校园」

国已经把其他发展中国家远远甩在后面。中国在承受巨大老龄化压力和环境压力的情况下,以全新的制度安排解决了诸多集体行动的难题,不仅不再接受国际发展机构的贷款接济,反而开始向非洲、亚洲其他的发展中国家输出资本、技术应用和管理经验,并正在将零星和偶然的行动整合成为全新的发展机制。

从出生之日起,你们这代人就已经势不可挡地成了世界公民。当你们出现在世界面前,代表一个稳定、繁荣、人口总数居世界第一的大国时,你们必然成为瞩目、竞争、讨教甚或是批判的对象。这是你们的幸运,更是你们的荣耀与使命。

作为一名北大法律人,你们需要审视中国发展路径与西方的不同,需要总结这些制度安排的独特细节与作用机理,更需要正视我们在获得发展成果与建立秩序过程中,在过去和现在付出的代价,在未来面临的风险与成本,并据此调整方向和制度安排。

更重要的是,你们需要将中国社会置于人类历史的长河中进行审视,需要将这个民族置于世界的未来之中。也是第一次,在处理本国制度和民生所面临的诸多任务和挑战的同时,你们需要考虑国内制度的外部效应,需要代表企业和政府应对来自中国之外的拷问、误解甚至是挑战,需要重新定义中国与外部世界的关系,探讨和建立各方互利共赢的新型行为规范和秩序。

引领中国拥抱世界,正是即将离开校园的你们所面对和需要开启的新使命!

然而，引领一艘载着十三亿人口、几千年文明和四十年巨大发展成就的大船前行，面对变幻莫测的国际风云、发展中所积聚的内部矛盾和问题，需要回应来自国内和外界的不解、猜忌、怀疑、对立、勒索甚至是攻击，这项使命让人胆战心惊。

怎么办？

我想，答案是一样的：**记住你的美好，发出你的光芒！只要是人类的世界，无人能拒绝美好人性的吸引力！**

相较于曾经挣扎、时而自卑时而自大的我们这代人，你们是那么自然天成的美好！中国家庭和社会的仓廪实，使你们更知礼节，更具魅力，行动和决策也更为从容、大度、长远。对于多元文化和价值体系，你们具有与生俱来的包容、判断力、理解力和沟通能力，自然能够避免我们与外界相处时的笨拙和不安。你们的知识结构、个人经历和视野也都更加理性和国际化，并因此而更为丰富、复杂；处理内外关系和确立规范也应更加游刃有余。

所以，我想现在就握着你们的手，与所有北大法律人一起，在你们对美好人性和未来的坚守中，一同踏入新的时代：一个中国拥抱世界的时代！

谢谢大家！

（在北京大学法学院 2018 年毕业典礼上的致辞）

先立乎其大

韩水法
（北京大学哲学系教授）

各位同学，各位同仁：

今天哲学系请我来代表教师发言，我既高兴，亦费琢磨。要讲一些什么内容呢？

正好也有一个机缘，今年是我考入北大四十周年，回北大哲学系任教三十周年。反思以北大为场所的近四十年生涯，有许多经验可谈。不过，在短短的十分钟时间内，面对2018级从本科生到博士生的全体新同学，我想谈一谈我现在认为相当基础亦很重要的三个看法。

第一点，哲学是什么。

今年北大哲学系招收了66名本科新生，这是近年来最多的一次，加上硕士生53名和博士生46名，全系一共有165名新生。这么多有志于学习哲学和从事哲学研究的青年才俊，进入哲学系，他们的关切何在？伟大的哲学家对什么是哲学这个问题做过各种不同的回答，许多同学想必已经通过阅读和课程了解了其中的一些定义。

我认为，在既有的各种解释里面，康德的定义最为概括，亦最为清楚。在康德看来，哲学所要探讨的基本问题有三个，即（1）我能知道什么？（2）我应当做什么？（3）我可以期望什么？第一个问题关涉形而上学和认识论，第二个问题关涉伦理学，第三个问题关涉信仰和宗教。而这三个问题概括起来就形成一个总的问题，即（4）人是什么？这就是哲学的根本任务。当然，根据康德的《判断力批判》，我还可以再补充一个问题，（5）我鉴赏什么？这个问题关涉审美和艺术。它依然属于人是什么这个总的问题。

爱因斯坦在回顾他那个时代的物理学观念革命时说，康德哲学已经提出了这种革命的理论原则。爱因斯坦的理论从根本上改变了人们对整个物理世界的看法，而这个物理世界也包括人的生命的存在。这就是所谓的科学范式的转变。

据于以上的叙述，在这里，我想指出的一点是：**当前，人类正面临自现代智人出现以来最大的变局，由于基因工程、人工智能和植入性医疗技术的出现和发展，人的性质正在经历变化。这个变化遍及所有人类，而并不限于某一个族类或国家。**

人的性质正在经历变化，那么，前面所提到的四个问题或五个问题的意义、广度和深度是否同样要发生变化，因而，迄今为止的哲学理论是否相应地要经受重大的冲击,而哲学研究的方向和方法是否亦要发生根本的变化?

各位同学甫一进入哲学领域,或者刚刚跨入了一只脚,就面临哲学这样的根本变化,这既是一个极好的机遇,亦是一个重大的挑战。

哲学的宗旨就是人类关切。中国儒家创始人所提倡的"仁"乃以整个人类为其关怀。没有人类关切,哲学就会失去基础,而哲学研究者也就缺乏必要的态度,在这个领域里,人们或许还可以从事一些技术性工作,但无法应对今天所面临的根本变局。

第二点,先立乎其大。

人类关切不仅是态度,而且也是志向。而从学术上来说,它要求以学术本身为目的。对北大的学生来说,这样的态度和志向应当是一个基本要求。

对每位同学来说,进入北大是人生的重要一步,但是,它只证明你现在的成功,而并不表明,你的整个生涯必然出色。譬如本科生,就近些年的统计数字来看,北大、清华和其他录取分数相近的大学的新生,大概占当年全部考生的千分之一点四。仅以高考成绩而论,他们也属于千分之一点四的顶尖之列。不过,各位需要思考的是,十年之后,二十年之后,在个人成就、事业和对社会的贡献上面,各位是否还能处于这样领先的地位？虽然我没有读到相关的统计分析，但以我的经验来看，不少北大的学生在十年、二十年之后变得相当平庸。要避免从天之骄子沦落为庸常之人，每位同学从现在起就必须做好准备。

孟子说："先立乎其大者，则其小者不能夺也。"所谓大者，是多种因素的综合体，包括个人的志向、宽广的知识和扎实的专业训练、批判性思维以及解决问题的方法的养成，坚定的意志与对社会和人类的责任。

在座的各位同学，尤其是本科同学，经过艰苦的努力达到了人生第一个重要的目标。但是，这个目标是确定的，对大多数人来说是共同的，因此，它不仅相对简单，而且也是被规定好的。老师、家长可以一种通用的程式和途径来进行教育和训练，同学本身也无须更多的独立思考和自我定位。尽管我不否认，必定也有少数同学即便在中学亦已建立了远大志向。

但是，大学，尤其北京大学，是一个学习自由的场所。不仅专业方向、系统知识的组合方式，而且人生的志向、职业生涯的路径，都要同学自主地决定。北京大学和中国其他少数研究型大学，学习北美和欧洲大学的成功经验，本科生可以自由转系，需要选修从数学、自然科学、社会科学、人文学科到哲学的综合课程，目的就在于让学生在了解人类知识的主要范围、各种不同类型和不同性质的知识的同时或之后，独立自主地选择自己真正有兴趣的专业，确定自己的知识、学术和事业的方向。无疑，这同样是促使学生对自己亦对社会负责的一个有效途径。

北大自创立以来就奉行"思想自由、兼容并包"的原则，而这个原则原本包含对自己的责任、对社会的责任和对人类的责任。在一些同学那里，入校之初的万丈雄心和骄傲，也很可能在两三年之后就被繁难的学业、复杂的社会环境和关系、择业的困难以及其他各种人生遭际打得七零八落，而趋于实际，乃至消沉。

现实的态度是必需的，而且从现在开始就应当具备。远大的志向和高度的责任感总是立足于实际的努力和工作。在面临各种困扰之后依然保持自己的方向、原则和态度，这才是志向的真正体现。只有这样，你才不会被复杂甚至荆棘丛生的实际生活所束缚，乃至随波逐流，而是能够成就自己的志向和事业。孟子"先立乎其大者，则其小者不能夺也"的另一个要点也就在此。因此，现实的态度是做好面对和克服困难的准备，而不是趋于消极。

不过，我还得再补充一句，以我的经验，所有能够做成一件事、一番事业的人，绝大多数都经历了艰难困苦。一帆风顺的成功是没有的，但每人面临的困难各不相同，学术上的困难与在社会事业上的困难，从外在形式来看，很难比较，但是它们所包含的远大志向、坚定的意志、始终探索的精神，则是完全一样的。

就哲学界而论，伟大哲学家完成自己的著作和建立思想体系的年龄阶段或不一样，因为每个人能力发挥的机遇不同。休谟二十六岁就完成了他一辈子最重要的著作《人性论》，它也是西方哲学史上最重要的著作，而康德五十七岁才完成他一生最重要的著作之一《纯粹理性批判》，而它是人类哲学史上少数几本最重要的著作中的一本。但是，他们都有一个共同点，就是在年轻时就定下目标，并且志向高远。

第三点，人类不同知识和实践领域的相关性。

现代大学教育和学术研究有一个明显的外在标志，即学科的划分。这种划分原来是为了方便教学和研究的管理，以及高等教育的各种统计。在中国，它演变为国家法规，从而产生了某种教条的和画地为牢的副作用。我想说的是，人类知识的扩展和学术研究的深入，根本不受这些人为的学科界限的限制。

人们原来以为，这些学科区分至少在规定知识的性质上还有其合理性，比如，不同学科知识的核心是清楚的，虽然边缘模糊。但是，当代的知识演进表明，一个学科或一种知识的核心何在，取决于观察的角度和研究的方法。整个世界以一种远远超过人们的常识的方式密切关联着。两个相距甚远或者表面上看起来互不相干的事件或领域，实际上可能存在着直接的关联。这一点对学习和研究的启发是，**虽然你不可能专业地掌握所有学科的知识，但是，必须掌握进入某一个新的知识领域的方法，并且保持心灵的开放态度。学术上的创造性工作依赖于想象力，而想象力实际上就是把那些原本以为互不相干的规则和事件关联起来。**而想象力进一步依赖于开放的心态。

事实上，社会实践也是如此。以技术和社会生活为例，我们看到，各种技术正以出人意料的方式结合起来，手机就是一个经典的例子。富于想象力和创造精神的人们，通过持续的努力创造了一种集成的信息接收和处理工具，并且它还在升级之中。从没有用过电话一直到现在几乎离不开手机，我们这一代人持续地见证了这个关联的过程：原来完全不相干的技术和应用被整合到这个小小的机器上。而这种集成不仅产生了一种全新的工具，同时也导致了新的生活方式，更不用说大大提高了工作和生产的效率。

我们正处在人类及其社会发生重大变化和转折的前期。这个巨大的变化具有许多维度和特征，而综合性正是它的一个根本特征。如果各位在入学时就认识到这一点，那么不仅能够更加明确和深刻地理解现代大学的性质、功能和意义，也会更加深入地理解数学和逻辑、自然科学、社会科学和其他人文学科的知识对理解、处理哲学问题的基础性。而这样的认识无疑也大大有利于各位更加有效地利用北大的一切教育资源和手段，有利于各位自主和独立地选择自己的发展方向，为未来的事业，无论是学术的还是其他的事业，打下坚实而宽广的基础，立下坚定的决心。

谢谢大家！

（在北京大学哲学系 2018 年开学典礼上的致辞）

涵养开放心灵

王一川

(北京大学艺术学院院长、教授)

亲爱的新同学:

你们好!在你们满怀欣喜地成为北大艺术学院新成员时,我谨代表全院师生向你们致以热烈的欢迎和真诚的问候!刚才发言的老师代表和新同学代表都表达了真挚的感情,令我们感动。值此机会,我也想向你们敞开心扉,就你们开始燕园新生活谈点感想和建议。

当你们成为北大人的时候,适逢国家改革开放四十周年及恢复高考后头两届大学生(77级和78级)进校四十周年。作为77级大学生中的一员,我对已历时四十周年的改革开放时代有着亲身体验。在我看来,改革开放时代的核心遗产之一正是人们的开放心灵的养成。世界在变,未来难测,但只要拥有开放心灵,就能在面对变化和未来时敢于求新求变,也就能稳步走出激流险滩和迈向更高境界。而假如没有开放心灵,会如井底之蛙，故步自封，甚至倒退回过去，致使已有的改革开放成果毁于一旦。涵养一颗开放心灵，恰是这个改革开放时代留给我们的尤其宝贵的启示。新一代大学生在开始或持续自己的大学生时代时，注重开放心灵的养成无疑有着优先性。

那么，**什么样的心灵才称得上开放心灵？**下面谈谈我的粗浅体会和理解，仅供大家参考。

开，就是敞开胸襟容纳有价值的事物；放，就是解除约束而获取自由，再有就是别忘了带上自己的优秀传统。开放心灵就是一种敞开胸襟容纳有价值的事物、解除约束而获取自由并带上自身优秀传统的精神气质及人生态度。它可以有下面的具体表现。

首先，它是一颗纯真与责任之心。假如纯真之心指向纯朴、真诚和良善，那么，责任之心就应当倡导理智、务实和职责。中国人讲"知行合一"，社会学家主张意图伦理与责任伦理统一，都要求将纯真之心与责任之心紧密结合起来。感动过20世纪80年代大学生的小说《北方的河》，描写主人公"他"拥有一颗纯真之心，勇敢完成横渡黄河的壮举，还发誓要"游"遍祖国北方的大江长河。但一回到城市，他就沉浸在做梦和写诗的空想中，很少落实为具体行动。而《平凡的世界》里的孙少平则不同：他从小深受现实主义和浪漫主义经典作品的熏陶，有一颗纯真心灵，理想高远，品格高洁，并且有着责任意识，懂得以"苦难哲学"去奋斗，一面坚韧地生活在中国社会的底层，一面又始终凭借向上的生存意志去扎实行动，不愧为纯真之心与责任之心完美交融的范例。这告诉我们，开放心灵应当是纯真之心与责任之心的结合，是知与行的统一。

其次，开放心灵还应当是一颗质疑与信念之心。

质疑是指对现状不满足，产生怀疑和疑虑；而信念则意味着带着质疑去探究，形成新的信念。没有质疑，就没有变革动力；而没有信念，就不可能去探究以获得新知。开放心灵恰是由质疑之心与信念之心的循环运动构成的。观看油画《父亲》中的"父亲"形象，观众不禁对"父亲"和"父亲们"的历史和现状及其根源产生质疑之心，进而激发起面向未来而寻求新的信念的精神动力，从而增添了改革开放的巨大勇气。今天假如要评选改革开放四十年中国最有社会影响力的艺术作品，《父亲》应当是其中位居前列的。

再次，开放心灵还应当是一颗包容与自主之心。

这要求既能容纳新异事物，又能在多样性中确立独立自主性。影片《小花》的插曲《妹妹找哥泪花流》和《绒花》注意突破"文化大革命"时代千篇一律的造反腔调，转而以新颖的"气声"唱法唤起观众对个人和家庭命运的同情和关爱，深得观众的热情包容和激励，产生了全国性影响。在探讨审美与艺术的心理根源时，固然可以包容马斯洛的需要层次论（生理需要、安全需要、归属与爱的需要、尊重需要和自我实现需要），重视他对个体"自我实现"的推举；但更应当坚持和伸张根植于本民族哲学传统的冯友兰的"人生境界"说（自然境界、功利境界、道德境界和天地境界），看到中国人心仪的人生至高境界并非仅仅在于自我实现，而是在于人与天地相和、人顺任天地的规律的自由与和谐中。开放心灵就是这样既注重包容新事物，更不忘树立独立自主品格，在多元性中凸显自主性。

最后，开放心灵也应是一颗原创与共生之心。

这里鼓励从无到有的原始创新或原创，更倡导这种原创之物与周围其他存在的共同生长即共生。与其独秀自我，不如与他人共存和共生。原创版画《析世鉴》在20世纪80年代末刚刚问世时，观众大呼"看不懂"，惊为"天书"。但随着90年代文化传统热的兴起和持续，观众逐渐发现其中可以投寄诸多丰厚而又不确定的深长意味，促使画家将该作品重新命名为如今大家都知道的《天书》。原创是艺术的生命，但原创只有与观众的生命体验融合生长，形成相互共生态势，才可能深入观众心灵，"润物细无声"地融化到他们的生活世界中。

我理解的开放心灵的特点还有很多，但<u>上面四组应当不可缺少。它们不会单独起作用，而是相互交融和协调，共同凝聚为支配改革开放时代人们言行的主体素养。</u>

今天这个时代早已出现许多新现象和新问题，例如，小

「永远的校园」

说《黑骏马》里早已丢失在草原上的那份纯情是否还能找回？油画《塔吉克新娘》里那位美丽新娘对未来美好生活的热爱、憧憬和疑虑等复杂情怀，是否已经传递到咱们这一代？当年纯净的《北方的河》难道真的已经流成了混浊的《沧浪之水》？全球化的后果和挑战日趋显著，多元价值观竞争态势加剧，新媒体社群中的自由、无序及撕裂有增无减……在此情形下，如何塑造、涵养和保持一颗开放心灵？想必正是我们大家的共同关切。

孟子说："我善养吾浩然之气。"开放心灵不是天生的或固定不变的，而关键在于个体的涵养，也就是日常生活中日积月累的涵濡和养成。开放心灵的涵养，终归要在持续的改革开放实践中进行，不过也取决于个人的主动选择。

对此，我想向各位提出下面这些建议，并与各位共勉：一是志远，志趣高远而又脚踏实地；二是尚典，崇尚经典的魅力，领会古典美、现代美和外来美的精华，并懂得新的美该怎样去创造；三是原创，在吸纳已知事物基础上形成前所未有的新组合；四是持守，甘于长期不懈地在寂寞中坚守；五是共在，与北大这个学术共同体的老师、同学、校友乃至更加广阔的社会各界，互帮互助，共同生长，和谐共存。我相信这些都会有助于你们的开放心灵的涵养。

同学们，老师们，我想说的还有很多，这次就说这么多吧。

「直下看山河」

　　最后,在各位新同学融入北大这个大家庭之际,让我们共同祝愿你们,在未名湖这个"海洋"里,愉快地养成自己的开放心灵,未来终究是你们的!

（在北京大学艺术学院 2018 年开学典礼上的致辞）

立 / 利于环境，做社会和自然的公民

张世秋
（北京大学环境科学与工程学院教授）

各位新老同学、家长、校友、老师：

大家晚上好！

首先，我谨代表环境学院的全体教师热烈欢迎各位新同学加入北大人、环境人的队伍！很高兴，未来几年，我们将和同学们一起再踏上教学相长之路，我们将共同创造独特但必定珍贵的相互成就的人生成长经历！特别是，我们将有机会一起，在为环境、为人类社会的可持续发展做贡献的同时，也收获每个人人生阅历的丰富和生命的丰盛。

三十七年前的9月，我进入北京大学经济学系，开学第一课是在办公楼礼堂，由被尊称为陈岱老的陈岱孙老师讲授，虽然很多内容已经记不清晰，但他讲的经济学就是要"经世济民""经邦济世""经世致用"一直激励和影响我们的大学生涯以及其后我们的治学和工作态度。

今天也是一个很特别的日子。1995年1月23日，联合国大会通过决议，确定从1995年开始，每年的9月16日为"国际保护臭氧层日"，要求所有缔约国为实施《关于消耗臭氧层物质的蒙特利尔议定书》及其修正案的目标，采取具体行动纪念这一特殊的日子。《蒙特利尔议定书》曾被安南以及潘基文秘书长誉为"可能是迄今在环境问题上进行全球合作的最佳实例""迄今为止最成功的国际环境协议"。

今年的联合国秘书长的致辞则进一步强调："三十多年来，《蒙特利尔议定书》所做的远远不止是缩小臭氧层洞，更向我们显示了环境治理能够回应科学结论，也表明各国能够携手处理共有的脆弱性。"我们学院的唐孝炎老师带领环境科学与工程学院（前身为环境科学中心）的老师们，自80年代末起就投入到了《维也纳公约》以及《蒙特利尔议定书》的签署和实施的国内和国际的决策支持工作中，体现了科学研究服务于社会认知改进、服务于社会进步和福祉改进的精神。我们很荣幸参与了这一进程，正如联合国环境规划署的拉梅尔-布尔斯卡（Iwona Rummel-Bulska）博士所言："Most of us consider our work on ozone as the most important part of our lives."

我用两位北大先生的思想与实践举例，是想先和大家分享，在北大、在燕园，有其底蕴、有其文化，也会有其传承和发展。

既然是开学典礼，总要有些庄严的仪式，并借此传承帮带。

也因此，每一年的开学典礼都会选一个教师代表致辞。今年我又一次荣幸地站在这里。我下面和大家分享的，很多观点此前也分享过，恳请大家原谅我继续老调重弹，下面所言，只是我和我们这些在北大、在燕园学习和生活了多年的老学生，你们的学长和老师的一些感悟，供同学们参考，并请同学们批评指正。

我今天和大家分享的主题与往年依旧差不多：**"解放/建构/重构/超越，立/利于环境，做社会和自然界的公民"**。此前谈过为什么用这个主题，今天不再赘述。简而言之，无论上大学、来北大之前的你曾经是怎样的，你都将从今天开始面对还原为一个有公德心的个体的"人"和成长为社会意义上的"公民"的种种挑战，开始"摆脱羁绊"——那些有形和无形的桎梏——成就具有独特体验的"你"的新旅程，也可以说"成人"。

第一，专业学习与社会认知并行共生。

我常常感慨于自己如此幸运，因为专业学习不仅让我有了某种特长和专门知识，更重要的是拓展了我的视野，也深化了我的社会和生活感悟。环境学习和研究，让我对那句"和实生物，同则不继"，以及"爱、谦卑、独立、尊重、尊严、包容/宽容、自由、责任、使命、担当、多元、多样"等词的意义，有了更多来自专业学习的和个人的体会与理解。

对新时期环境学科的学科定位、使命以及北大环境学院历史沿革与未来愿景,朱彤老师给出了非常明晰且深刻的讨论和分享。在此,我补充一点儿个人的感性认识:**环境学科,除了相关的各种学术和非学术的界定外,也是,或者说也应该成为一门研究人类如何以"文明"的方式共处,并与自然和谐共处、共生、共存的"学问"。**

环境人看环境/自然/生态,不会理所当然地认为,环境必然也必须为人类所用。在探究人类如何以"文明"的方式与自然和谐共处、共生、共存的过程中,我们岂止是学会,更是体验了那种发乎心的 appreciation(欣赏、感激、感恩之情),感受到自然之于人类生存和索求之外的存在的重要,进而萌发出自觉的使命感和责任担当。无论每个环境人对自然和环境之爱因何而起,我们都学习到,对环境/自然的关心,不会必然使我们走向可持续的明天,但如果没有发之于心、出之于"爱"的环境关注,则绝无可能跳出以人类之短期贪欲和诉求为核心所提出的各类解决方案——哪怕这些方案有可能暂时缓解人与自然的矛盾与冲突……真正从事生态—环境—自然保护的人,会本能地去保护这一种存在,而不是仅仅利用和压榨"自然"为"我"服务,因此专业经历让我们得以拓展并找回爱的本义以及与之关联的"美好",包括了解"人",以及人的社会与自然责任担当。

通过专业学习和研究,我们知道环境/自然/生态系统与

「永远的校园」

人类社会系统之间复杂、多尺度的演化/演变关系事实上并不为人类所完全了解（认识到人类和我的认知的局限），知道我们其实有很多的不知道（努力去探索我们可以更知道些什么），而学习和行动是一辈子的事情。因此，我们不仅将知道并且学会谦卑，不敢也不会自命不凡到要以人定胜天的气概，去肆无忌惮地破坏式地开发和利用自然与环境，而且将致力于以和解及和谐的方式与自然共处、共存、共生，并将之视为环境人的当然使命。

我们观察到自然的千变万化以及人与自然关系的"多向性、不确定性"和"蝴蝶效应"；虽然我们不喜欢沙尘暴，但我们又同时知道，它的存在，在大尺度上，进行了成功的"营养"传输……所以，**我们学会了不仅喜欢我之喜欢，更能欣赏、接受和感激"千变万化"之"意"，感受到"自然"与"世界"；体会"和而不同"之妙、欣赏"长短相较"之美；我们更学会了去尊重我们可能不喜欢但是必须和必然的存在，无论它是一朵花、一叶草、一个人，还是一个"人群组织"。**

我们知晓和了解自然界各"要素"/"主体"彼此依存互动的网络关系，也更清楚地知道多样性和制衡关系是保持系统稳态运行乃至创造力生发的必要条件，我们会天然地质疑"千人一面""整齐划一"的合宜性。这些来自专业的认知，也在影响我们对社会、文化、生活的态度，而多样性、多元化的存在，及其彼此依存、制衡与共生的关系，则势必需要个体之间的尊重、宽容和接纳乃至学会化解冲突，所谓和实生物，同则不继。

我们知道，环境是典型的自然公共物品和公共服务，具有外部溢出性，环境不仅仅是维系经济生产和社会存续的自然资本，同时也是多时空多主体利益冲突的"资源"，更具有民本、民生之意义。在学习和研究如何在多重利益诉求和竞争乃至冲突中，善用、善待环境，会让我们对权利、责任、义务乃至效率、公平与正义、自律与自由等增加更多的理解，这不仅影响我们的人生观、"人地"观，也会影响到我们的"社会"观。

当然，最直接的，因为学科和专业的缘故，我们会有更多的机会深入乡村、企业、社区，接触自然、了解社会，这种体验的丰富性和尖锐性远非到此一游的旅游者所能感知。所以，这个学科，可以让我们从学习和研究以及践行中，丰富自己的人生。如此，"环境保护/保护环境"之于环境人，已经不仅仅是谋生的饭碗，也不仅仅是有成的"事业"，更是发乎心的关护、一个使命，以及为此需要担当的责任和行动。

第二，关于大学和"我"的大学：健康的体魄、乐观的心态、专业学养、"人"和"公民"的素养与能力的提升。

这几个关键词，今天无法一一展开讨论，只是借此时刻提醒我自己：我们都是人类社会的公民，也是自然的公民。这两天刷屏的两个讲话，建议大家好好体会，一个是北大法学院车

「永远的校园」

浩老师的 2018 年北大开学典礼教师代表致辞,一个是化学学院裴坚老师就个别同学作弊事件的讲话。在他们的讲话以及各类经验中,我体会出包括大学生活在内,**解放 / 建构 / 重构 / 超越自己,是一个非常重要的事情,是成为人、成为公民的必要环节**。从广义上而言,大学的重要性之一就是提升我们的辨别能力,包括人生和学术鉴赏力,能够让我们可以不被谎言所迷惑,不被"林林总总"所遮蔽和污染,一旦我们不再臣服于各种流行的观念以及各种迷惑或者遮蔽,不被各种"既定的"限制我们的视野和视界,不因有限而放弃探究大千世界的无限可能,我们才会"看见"和体验更加丰富和深刻的世界并生发创造力,当然,这需要我们付出足够的认知、体验和践行代价,需要有"十年磨一剑"的耐力和精进工夫。因此,我从中体会出,在如此热闹的当下,更需要不断努力、学习及践行:自信、自知而不自傲,谦卑而不自卑,自尊但不自欺,自重而不轻人,知世故而不世故,观察而不是旁观,观察而不妄判,要论道也要践行,要有科学精神但不要被科学主义绑架,既要敢于批判也要勇于担当。

此外,在北大,要充分体验北大的校园文化。燕园的一塔湖图早为人知,关于教育和大学的使命也有很多讨论。我这里不多言,只是想提醒大家一个词语:"熏陶"。

大学,特别是北大,不仅仅是知识的,更是文化(广义的)

的；不仅是物质实体的，更是精神层面的；而文化又是无法被教育和培养的。所以，一塔湖图之外，校园里观点各异、学派纷呈的讲座，同学之间的学术讨论、社会问题争论、社团活动，以及大讲堂的音乐会和各类演出，特别是北大以及我们学院的那些你喜欢和不喜欢的风格迥异的老师和同学，甚或是班级内、宿舍里不那么高大上的大小冲突，都是这个熏陶中的各种滋味。大家可以慢慢体会。当然，提醒大家，不要因此把自己淹没在忙碌的奔波中和各类噪音中。解决的办法之一，就是常常反省、倾听、不忘初心，尤其是给自己留出独立思考和清醒的机会，确保自己不被"占据"、不被"异化"／"同化"，包括你们要有足够的勇气挑战老师们和同行们。

第三，专业学习：深入、发现、守正创新。

在专业学习上我们常常听到：兴趣是最好的老师。兴趣虽可无缘无故产生，让你领略雾里看花之朦胧美，但专业兴趣必定是在投入、付出和深入之后才会更为真实和坚定。最差的情景也应该是，要有能力将不喜欢但必须做的事情转化为担责、担当乃至感兴趣的事情。我花这么长的时间说这个，是因为作为老师，我常常痛心地发现：很多同学在大学和研究生阶段，困扰在困扰、烦恼在烦恼、无聊在无聊、自恋在自恋之中不能自拔。大学乃至研究生的经历是否丰富和有趣，不仅仅取决于你的智商和能力，以我不多不少的观察和体验，对于现代的学

「永远的校园」

生而言,更取决于大家的心态,特别是如何在五彩缤纷(眼花缭乱)和瞬间变幻的时代,不让"功利性"的、"潮流式"的、短期有用、瞬间满足的期待等心向/思维定式,完全控制你的选择、态度和行为。这是另一层意义上的"摆脱桎梏",**期望我们都能把"怎样去消费生命时光"的困顿转变为接受挑战、跨越障碍并创造性体验和服务社会的人生历程。**

环境人要"眼高""手低",这是叶文虎老师在1985年研究生入学时候提醒我们的话,意为眼界高远、脚踏实地。

纷繁世事和快餐文化会让我们在浅尝辄止中,失去探究、深刻,包括"坚硬的阅读"和深度社会调研所带来的深度体验,失去挑战极限、跨越障碍的成就感和人生感悟。希望我们在理想和现实之间认识自我和找寻方向,无论理想的现实主义者,还是现实的理想主义者,都需要在理想和现实中寻找到一种平衡。最美的理想之花总在现实当中绽放,即所谓接地气,而环境人尤需走南闯北,深度观察、体验和"创造"并将其转化为社会的共享/共有知识和经验。

环境研究与实践是一个公共性特别强的领域。它必然要求从业者的责任感、担当、情怀、博大和精深,特别是——对何为社会进步——这一问题的深刻理解和践行。伴随中国经济快速增长,环境污染、生态破坏问题及其影响不仅凸显且引发公众广泛关注,环境—发展—社会之间的矛盾日渐尖锐、利益冲突加剧、环境保护工作推进仍困难重重。在践行生态文明理念、推动绿色转型的关键时期，环境法规和政策频频出台，但隐忧犹在。

中国社会经济能否成功实现绿色转型，不仅仅取决于高度的政治意愿、铁腕治污的决心以及环境督查，还需要基于科学认知的多方参与的决策以及政策的有效实施，更需要每一个公民的参与和行动。如何避免"运动式""风暴式"的治理模式成为饮鸩止渴的案例，将其转变为具有行为规则和引导功能的长效机制，如何以恰当的制度设计和执行，提升绿色经济组分的竞争力、调整利益分配制度、缓解冲突、寻求共同发展以及环境公平、环境公正、环境正义，这些都还任重道远。

在环境保护领域，我借用林建华校长的一句话，要"守正创新"。因为我们深知，对于公共政策而言，善意未必结善果，而恶意/随意必然无善终。期望我们可以承继学院的跨学科合作和多学科交叉研究的传统，推动基础研究和应用研究，并将其转化为政策和决策建议与社会行动，推动铁腕与善治并重，并以此推动社会进步。

此外特别提醒大家：近年来包括人工智能、无人驾驶等的科学技术，包括共享经济等的各类新经济形式飞速发展，以及全球化进程的波澜特别是"一带一路"倡议提出和推动，更需要我们关注新的和将出现的各类结构性变化对环境保护提出的挑战，也需要在全球视野下关注中国机遇，以及环境责任、环境义务。

同时，我们也需要对人类社会可能面临的自然灾害、生态环境退化、气候变化等重大问题以及由此引发的全球性影响保持足够的警觉，通过我们的专业研究提供预警和对策建议，这种对策不仅仅限于如何防范和控制污染、降低排放，也应该包括如何采用必要的适应性策略。

第四，与同学共勉。

（1）读书，行路，阅人，历世/历事，成就/成人。

（2）不以善小而不为，不以恶小而乱为。这是我对环境伦理和环境公民行为准则的粗浅认识和概括，与大家分享。我们环境人都知道每个微小变化所可能产生的宏大影响。我以此来提醒自己的日常环境行为和专业态度。

（3）非必要场合，请称呼我们为老师或者我们各自的名字，这是老北大的传统。

最后，再次欢迎所有新同学！愿我们一道努力使环境学院宽厚与精深并济、严谨与创新并重、严肃与活泼共存。

希望我们每个人都与社会共同成长。

祝大家新旅程快乐！

（在北京大学环境科学与工程学院2018年开学典礼上的致辞）

扎根边疆、服务基层，锻造无悔人生

钟梓欧

（北京大学国际关系学院 2012 级校友）

尊敬的郝书记、林校长，各位老师，各位同学、家长朋友们：

大家好！

首先感谢母校给我这次机会，让我从祖国的最西部重回燕园，见证 2018 年毕业典礼，在这里向各位师弟师妹表示真诚的祝福，祝贺你们顺利完成学业，即将踏上充满挑战又梦幻盈途的旅程。能站在母校北京大学的毕业典礼上和大家交流，是一份莫大的荣耀和信任。但是正如一位前辈所说，这不是一个人的成绩，而是新时代无数北大人心系家国、扎根基层、忠诚奉献的集体荣誉，各行各业的北大人默默无闻地奉献在自己的岗位上，涌现出无数可歌可泣的动人事迹，我相信师弟师妹们未来也一定能够书写更加精彩的人生。

今天跟大家分享三句话，希望对大家有所帮助。

第一句话，选择很难，但经历风雨之后彩虹会更美丽。

「永远的校园」

毕业就意味着选择，选择从来都不是件容易的事情。习近平总书记说，每一代青年都有自己的际遇和机缘，都要在自己所处的时代条件下谋划人生、创造历史。四年前的那个夏天，我站在人生的十字路口，经历着选择的彷徨：是回老家，还是选择一个不一样的环境？进企业，还是当公务员，抑或是继续留校深造？

2014年5月，第二次中央新疆工作座谈会召开，新疆迎来了前所未有的发展新机遇。经过认真思考，我决定把远离首都的新疆作为我人生的新起点。之后，我又先后做了三次选择。先是到乌鲁木齐市，后又到克州党委机关，最后在多次向领导表达希望到最基层的想法后，去了阿图什市阿扎克乡任副乡长。几经辗转，我终于到了基层一线，内心异常兴奋和激动。这种对基层近乎执念的追求，根植于北大五四以来的家国情怀，是北大人永不褪色的底色。

第二句话，基层很苦，但脚底沾泥之后心里会更踏实。

四年弹指一瞬，我先后经历了三县三乡四个岗位。从流光溢彩、灯光璀璨的繁华首都，到天际高远、策马奔腾的万山之州，再到条件艰苦的基层一线，每走一步都充满了艰辛，但也都收获满满。

在阿扎克工作期间，我兼任铁提尔村党支部第一书记，经常跑村入户了解情况，聚焦脱贫攻坚，围绕地少人多难题，争取到江苏援疆资金支持，成立了农民专业合作社，探索"土地托管+劳务输出"的发展模式。在团委期间，发挥青年人熟悉"双语"和电脑的优势，成立了全州第一个农村青年电子商务平台。在吉根期间，把边防建设作为首要任务，顺利完成了一百多公里边境线的边防建设任务，代表新疆及克州成功迎接了全国边境管控现场会；把脱贫作为重要责任，利用"西陲第一乡"的优势，打造"东岳观日出，西极看日落"的特色旅游品牌。每天颠簸在平均海拔3500米的雪域高原上，气候多变，山地坡度近乎直角，还有数不尽的沼泽深渊与常年积雪，每前进一步都感觉异常艰难，但是每每想到自己在履行着为国戍边的神圣使命，内心就澎湃激动。

2017年9月，我转任到阿克陶县皮拉勒乡任党委书记。这是一个有着5万人口的全县第一大乡，维护社会稳定和脱贫攻坚任务繁重。我到任后迅速熟悉乡情村情，全力推进社会稳定、脱贫攻坚、联系群众、基层组织建设等各项工作。2018年5月，我有幸作为全国唯一毕业生代表，在国务院召开的全国普通高等学校毕业生就业创业工作电视电话会议上做了发言。我觉得，这既是对我个人的鼓励，也是对所有服务基层的北大毕业生的鼓励，更是对母校北大的点赞。

第三句话，边疆很远，但读懂祖国之后人生会更精彩。

站在我曾经工作过的吉根乡斯姆哈纳哨所，凝视每天通关

「永远的校园」

货运的车水马龙,回望巍巍雪山与不息的克孜勒苏河,内心有一种抑制不住的激动。这一刻,感觉自己的呼吸与时代的脉搏同步,感受到祖国的强大。在这里,有无数扎根奉献祖国边疆的同志,他们用心呵护着民族团结与社会和谐的大好局面。我们有一个北大校友,自己没机会到新疆,就把自己的女儿送到了边疆,她组建了家庭,有了可爱的"疆二代"。这就是北大情怀!我越来越庆幸当初自己的选择,越来越强烈感觉到:远在边疆更能读懂祖国,融入群众才能汲取力量,扎根基层方能行稳致远。

四年的风风雨雨让我锻炼了筋骨、磨炼了意志、增长了才干、锤炼了灵魂。我深知,我的每一点成长进步,都离不开父母亲人的理解支持,离不开各级组织的培养厚爱,更离不开母校的关心关注。初次进疆时,就业指导中心的老师受学校委托,亲自送我到克州,让我无比感动。四年来,新疆北大校友会经常来南疆开展慰问活动,提供各种帮助,表达着母校的关爱。现在,母校依然通过各种渠道与我们保持联系。所以边疆虽远,但是我始终感觉离北大很近,母校是我们永远的坚强后盾和温暖的家。

新时代呼唤新担当,新时代需要新作为。2016年,北京大学深圳研究生院校友郑明凤师弟志愿选择到南疆,我们的队伍在不断壮大,代表着北大精神的传承和家国情怀的代代相传。

让我们携起手来！希望有更多的北大人投身到脱贫一线、边疆一线，让北大的精神与情怀永远绽放在祖国大地上。同时，诚挚欢迎各位师弟师妹到帕米尔高原上去施展才华、建功立业、放飞梦想！

四年前，王辑思老师在我赴疆前告诉我："年轻人就应该干点年轻人该干的事。"今天我也把这句话送给大家，与大家共勉！

谢谢大家！

（在北京大学 2018 年本科生毕业典礼上的致辞）

真

吴云东
（北京大学深圳研究生院院长、教授）

亲爱的高松副校长、老师、同学们，尊敬的各位嘉宾、朋友们：

大家上午好！

> 大沙河畔白鹭追，鸟语花香人欢醉。
> 未名博雅遥相望，五四镜湖相映辉。
> 百廿北大喜迎庆，南国燕园硕果累。
> 又是一年凤凰舞，芸芸学子待发威。
> 大鹏展翅恨天低，前程万里任尔飞。

今天，我们共聚一堂，见证2018年深研院毕业生圆满完成学业的庄严时刻。在此，我首先向同学们表示热烈祝贺，愿你们像远飞的大雁，追逐更美好的明天，创造辉煌的事业和人生！同时向辛勤培育你们的教职员工致以诚挚的谢意！

去年也是在这里,我给深研院的毕业生送了一个字,"爱"!我认为教育最根本的目的是传承爱,爱是我们前进最大的动力。

今天我要送给每一位毕业生一本书《北大人在深圳》和一个字,"真"。这本书所讲的故事就体现在这个字,真!

今年5月2日,习近平总书记在北京大学勉励青年学子时说道:**广大青年要求真,求真学问,练真本领。"玉不琢,不成器;人不学,不知道。""真"在中华民族文化中是一种至纯至美的精神境界,真善美,真为首!庄子曾说过:"真者,不假于物而自然也。"人民教育家陶行知先生也说过:"千教万教教人求真,千学万学学做真人。"**可见自古以来,中华民族对"真"的追求是一脉相承的。

守正创新,引领未来,百廿北大在"求真"的道路上,不断求索,培养出了一批批胸怀家国情怀的北大学子。北大的教育宗旨是培养引领未来的人。而由北大深研院和北大深圳校友会共同编著的《北大人在深圳》记录了25位在深圳引领各行各业的北大人讲述的关于这所大学与这座城市的故事。

这25位北大人中既有50年代求学燕园的老校友,也有奋发拼搏年少有为的八〇后年轻校友;他们是两万多名在深圳的北大校友的缩影,折射出了"一群人与一座城"的故事,更是北大人在深圳"求真"的故事。

刚才同学们聆听到的校友分享——厉伟校友就是该书介绍

的25位校友之一。最近他率领一批校友实现攀登珠峰的创举，令人敬佩，令人感动。"北大精神，永在巅峰"代表着北大人一往无前、追求卓越的精神。

下面我给大家分享一点我读《北大人在深圳》的心得体会。

蒋宝琦先生，1962年从北京医学院毕业后留校在人民医院工作，是著名的内科和心血管医生，2002年来北大深圳医院工作，年近八旬仍在一线问诊治病。

他说，当医生就得以诚相待地对待病患，选择最适合病人的治疗方案。十多年前，一位老太太患有冠心病，狭窄程度达到70%。在这种情况下，动手术安支架最简单，医生也没有责任。但是蒋医生根据老太太的实际情况和她本来的意愿，建议不做支架。当时，这是一个非常艰难的选择！——你没有给她安装支架，要出了事，你是不是要承担责任？十年过去了，老太太免受了手术病痛的折磨，依然活着。

蒋宝琦先生说，**医生要站在病人的角度去考虑治疗方案。对病人的责任心，就是真！我们每个人都要面对许多的选择，我们一定要有责任心，要有真心！**

陈难先，1967年毕业于北大西方语言文学系英语专业，后在河北劳动改造和在黑龙江支边十二年；1980年到杭州电子工业大学教英语。1982年，他放弃了"人间天堂"的杭州，来到深圳蛇口工业区的培训中心教书，后组建育才学校，三十五年间，将一个当时只有 400 名随迁子女的企业子弟学校，发展成我国第一个以追求社会效益为目标的教育集团，目前就读学生逾万人，在国内基础教育界具有相当知名度。

为深圳的教育事业奉献一生的他，没有获得高级职称。作为校长，他把十三份申请高级职称的材料送去有关部门，一个月后，他被告知其他十二位都通过，唯独没有他，理由是他没有教学兼职。当时他同时组建并管理蛇口四所学校，无暇从事教学工作。有人劝他在学校开设"思政课"来解决这一问题，他毅然拒绝："我申请的是英语高级职称，这个职称说明的是我英语的教学水平，和思政课没有什么关系。"宁可不评高级职称也不弄虚作假，在我看来，这就是北大人的品格！这就是真！

教育是民族崛起的基础。北大总是把自己与国家和中华民族的命运紧密相连，为民族的再崛起做出了巨大的贡献。这就是真心！

深圳经济特区是中国改革开放的窗口和试验场，早年急需发展医疗和教育。北大人急深圳所急，一马当先！章必功，1984 年于北大获文学硕士后就到深圳大学任教，2005 年起担任深圳大学校长。史守旭，2000 年南下深圳，组建了深港产学研基地和北大深圳研究生院，同时协调北大—港科大医学中心和北大深圳医院的组建，是北大开拓深圳工作的大功臣。而海

「永远的校园」

闻担任我们深研院院长多年，现在还担任汇丰商学院院长，为深研院的发展做出了重大贡献。这些都体现出一个字，真！

1992年邓小平来南方，推动了改革开放。一批北大人响应国家发展的需要，选择深圳这个舞台，挥洒着自己的青春和热血，在鹏城传承发扬北大精神。其中有多位工作在政法界，为深圳市的法治建设做出了重要贡献，他们中有致力于打造制度创新"双创"的徐友军，与改革结下不解之缘的"普法者"蒋溪林，更有推动深圳国际仲裁院发展的实践者刘晓春。

追求科学的卓越是北大的精神之一。一大批北大理工科学子也纷纷加入深圳的建设和发展，贡献着自己的青春和智慧。他们中有致力于新能源开发的萧霞，专注新材料研发的贺雪琴，为深圳谋划发展的王宏彬，更有为深圳"种树"、为母校"行善"的铁汉耕耘者刘水。

书中还讲述了四位我们深研院毕业的校友在深圳从事公益事业和创新创业的故事。他们是阿尔法律师事务所创始人、南雁公益基金发起人谢清送，全国古村落志愿者公益组织"古村之友"创始人汤敏，迈迪加Sleepace（享睡）品牌创始人黄锦锋，兔展智能创始人董少灵。他们的求真故事让我激动和骄傲！

同学们：**真，就要追求本真，保持纯真。不忘初心，将自己的兴趣爱好与职业发展相结合，这样才能走得长远。**

真，就要坚持真理，尊重科学，严谨，严格，做一个按客观规律办事的人。

真，就要求我们眼观六路耳听八方，懂自己，懂社会，懂中国，懂世界。正所谓"风声雨声读书声声声入耳，家事国事天下事事事关心"。

真，就是要独立思考，尊重别人，"思想自由、兼容并包"，这就是北大的学术精神。

真，就要为人真诚，学做真人。

随着粤港澳大湾区建设的推进，北大也会进一步加大在深圳办学的力度。两年前，北大与深圳市签署了共建北大深圳校区的合作备忘录。一位叫王芳的校友得知了这一消息，激动之下写了一首长诗，叫《北大@深圳的情谊》：

> 未名湖纷飞的燕子啊，
> 请你南飞，
> 请你低飞，
> 亲吻深圳湾缠绵的碧波，
> 这是北大，
> 这是北大@深圳的情谊。

这就是北大最真诚的情谊！

「永远的校园」

要说再见了,亲爱的同学们!时光飞逝,转眼间就要离别,我将目送你们远去。此去繁花似锦,希望你们归来仍是少年!

南国燕园永远是你们的家,欢迎常回家看看!

谢谢大家!

(在北京大学深圳研究生院2018年毕业典礼上的致辞)

你们会让这个世界变得更好

陆绍阳

（北京大学新闻与传播学院院长、教授）

首先我要祝贺你们从北大毕业，祝福你们未来的日子过得快乐、心想事成！

今天我想和大家分享一个小故事。每个学期的开学第一周，在我的课上，我上的那门课叫"视听语言"，我会给大家看一部纪录片《马兰的歌声》，每一个学期都是这样。

这部纪录片是讲一个叫邓小岚的老师。退休以后，她每年都到河北阜平县的一个偏远的小山村——马兰村，教村里的孩子们唱歌。这个邓小岚老师，她的父亲是我们国家著名的报人邓拓，他曾经是《晋察冀日报》的社长。1939年春天，晋察冀日报社转移到马兰村，一直在那里坚持出报，1943年反扫荡的时候，为了掩护报社的同志，19名村民献出了自己的生命，没有一个人泄密！

时隔多年，邓小岚老师回到她父亲当年工作、战斗过的地方，要为当地做一点事情。因为她是一名音乐老师，所以她就

「永远的校园」

想着教当地的孩子们唱歌。在此以前，孩子们从来没有接触过音乐，但是在邓老师的教导下，这些孩子们开始唱歌、练琴，组建小乐队，甚至自己写歌。

邓老师改变了他们的生活，音乐成了他们生命中的另一缕阳光。更重要的是，通过音乐，他们开始用一种新的眼光看待这个他们每天生活的地方，河边的树、溪流、远处的山、天边的月亮，仿佛都泛出异样的光芒！让这些孩子们觉得，世界是如此的美好！

这个故事让我想到了另外一个故事。一个穷人家的孩子，因为家里穷，每天都穿着破烂、肮脏的衣服，后来她的老师给她买了一条新裙子，孩子的妈妈看到后，觉得孩子穿得那么漂亮，于是晚餐时就换了张新桌布，她父亲说，孩子那么漂亮，家里的桌布也那么干净，家里的院子也应该好好收拾一下。后来，邻居觉得他们家那么整洁，也应该把街区收拾得更干净一点。你不经意当中做的一件事情，可能就改变了很多。

鲁迅先生说，无穷的远方，无数的人们，都和我有关，或许，有的人他只是想，让自己的生活变得更好，但是也有另外一些人，他是想让世界变得更好！

未来的日子还很长，你们已经在路上了，祝福你们！

（在北京大学新闻与传播学院2018年毕业典礼上的致辞）

永远的校园

保持终身学习

张 静

（北京大学社会学系主任、教授）

各位同学、家长、师长和同事：

今天我们相聚在这里，庆贺2014级本科和博士学生、2015级硕士学生，以及2016级专业硕士学生顺利毕业，恭喜同学们开启新的人生阶段，感谢各位老师、家长的辛勤付出，欢迎你们前来共同分享毕业同学的欢乐。

当毕业的狂欢结束后，很多人会发现身边少了陪伴，老师、同学和家长不能永远身伴左右。对于年轻人来说，集体生活浪漫而美好，合作、保护、竞争、秘密、猜忌、花边，天天都有很多故事，总有新鲜话题，即便是生气，也是那么有意思。集体生活让人享受成败、激情和荣辱，它是那么有趣、温暖、心有所依。很多成年人一生中的美好回忆，都来自他们的集体生活时期。

可是，现在没有了上山下乡和插队，所以，从大学毕业，

「永远的校园」

就意味着一个人的集体生活期真正结束了。这一天总会到来。很多人会不适应,因为从小到大,这样的生活已经陪伴了你们二十多年,不少人从集体生活中获得生命力和乐趣,他们的精神生活总和社交有关。

怎么办?**你必须寻找精神上可以陪伴终生的东西,这个东西就是学习。**

有的人用寻找伴侣来代替精神的失落,但相爱的人也不一定总能产生精神共鸣;有的人用陶醉于音乐代替精神的无依,但音乐有时会带来环境喧哗,影响到他人生活;有的人用沉溺于游戏代替精神的无聊,但游戏可能上瘾,极端的情况还可能玩物丧志;有的人用旅行来代替精神的失落,但人总有慵懒、害怕陌生和不想出门的时候。

唯有学习缺点最少。

只要你有所追求,就一刻也离不开学习。

学习是有选择的,这种选择之可贵,在于它是一种无法剥夺的自由,完全根据你的追求、兴趣和品味。毕业以后,你就再也不用为了拿学位、为了交作业、为了赶论文、为了给项目交差、为了取悦他人或者表现自己,被迫去学习。

学习使人有见识,它提供给你经验以外的大量知识,令你获得强大而丰富的内心力量,激发你的希望,照亮你的灵魂。 从学习中找到乐趣的人,烦闷不会来找你,不会抑郁轻生,因为还有很多好奇和未知，需要用生命去了解。

学习使你认识新的同伴和朋友，从他们那里，你会读到自己内心正在想的事，从而增加信心，获得支持。你虽然可能根本不认识他们，但是你知道他们正在世界的某个地方，和你一起前行。如果你需要待在一群有趣的人中，需要一种思想交流和精神伴侣，那就让学习陪伴你的人生。

学习是一种主动又自主的精神交流，可以让自己以安静的方式，生活在群体中，不用外出打架就可以对权威开展批评。学习让你明白，人外有人，天外有天，经验之外有超验，世俗之外有神圣。如果你学到的东西是高质量的，就等于选择了和优秀的群体生活在一起。和他们在一起，去关心一些重要的事情，无聊、琐碎和沮丧，那些不得不通过抱怨来排解的负面情绪，就会离你远去。

学习可以使你成为一个精神上自立的人，如果你的欢乐来自你自己，情绪就不必受到外在力量的控制，过分依赖他人而变化，如果你的辨别来自你自己的知识，就不会盲从，整日迷失在"粉丝"的追星捧月中。

每个人的人生起跑线，实际上是从毕业开始的。现在大家都差不太多，几十年以后就会出现明显差距，走在前面的都是不断学习的人。所以真正的挑战是在离校以后，如果你不想进入缓慢退步的状态，唯一的方法就是保持终身学习。

「永远的校园」

今天,在你们人生启程再出发的时刻,北大社会学系给各位的毕业寄语是:**请保持终身学习**。

谢谢各位。

(在北京大学社会学系 2018 年毕业典礼上的致辞)

迈向卓越

詹启敏

（北京大学常务副校长、医学部主任）

亲爱的各位新同学，尊敬的各位老师、各位家长：

大家上午好！

金秋九月，我们迎来新的学期，也迎来了一批新的北大医学人。在今天这个喜庆的日子，我感到很欣慰，因为我看到了同学们求知若渴的眼神，感受到你们对医学的憧憬和坚定；我觉得很自豪，因为你们，北大医学的精神将薪火相传，北大医学事业将得到传承和发展。

你们怀着热爱医学、崇尚科学、行医济世、救死扶伤的情怀，踏入这所校园，进入这所百年医学殿堂，与北大结缘，与医学结缘，开启你们的医学逐梦之路。

"北医是个家！"在此，我代表学校，欢迎全体 2018 级新生的到来！欢迎你们！

我也代表学校感谢所有家长，谢谢你们支持并帮助孩子选

「永远的校园」

择学医,选择北大医学。学校会尽全力为孩子们的成长创造一片蔚蓝的学术天空、肥沃的知识土壤和合适的学习生活环境,请你们放心!

9月10日(也就是一周前),我们刚刚庆祝了第34个教师节。我们每一位老师在北大医学事业的发展中奉献着青春,挥洒着汗水,不断创新,硕果累累。在过去的一年里,北大医学在双一流建设和学科评估中位居全国榜首,人才队伍建设发展迅速,科研项目申报获批量显著提升,科学研究喜报频传,校园建设如火如荼(北大医学科技大楼开工,综合体育馆拔地而起)……北大医学人齐心协力、人人向上、团结拼搏、发奋奉献的精神风貌已然形成。这其中涌现出一批优秀的教师代表,在学校医教研事业发展中发挥了关键作用。在此,我代表北京大学和北京大学医学部向全体教职员工致以最崇高的敬意和最诚挚的节日问候,向受到表彰的老师们表示衷心的祝贺!

在党的十九大上,习近平总书记提出实施健康中国战略,强调人民健康是民族昌盛和国家富强的重要标志。人们日益增长的美好生活需要首先是对健康的需求日益增长,今天健康是老百姓的基本需求,也是最高需求。一周前在北京召开了全国教育大会,习近平总书记强调,坚持中国特色社会主义教育发展道路,培养德智体美劳全面发展的社会主义建设者和接班人。党和国家的战略为我们北大医学事业发展指出了明确方向,也提出了更高的要求。

1912年，北医的前身——国立北京医学专门学校成立，成为中国政府依靠自己的力量开办的第一所专门传授西方医学的国立学校，经过一百多年的发展后，北医已经成为培养社会主义医学事业建设者和接班人的摇篮。新的历史时期，我们迎来了发展的最佳契机。北大医学是北京大学事业发展的重要组成部分，是北京大学实现建设世界一流大学目标的重要力量。我国目前正处于健康事业发展的最佳历史机遇期，北大医学将肩负光荣的时代重任，在健康中国建设中发挥重要作用。

时至今日，北京大学医学部已走过106年的征程。北医具备深厚的历史积淀和优良的文化传统，作为北大医学人，我们坚定而自信。北大医学拥有全国最优秀的临床医学、基础医学、口腔医学、药学、公共卫生和护理学科，拥有我国医学界最大和最好的临床医疗体系之一，包括北大医院、人民医院、北医三院、口腔医院、肿瘤医院和第六医院这6所直属附属医院，以及4所共建附属医院和14所临床教学医院。北大医学拥有中国最好的运动医学、生殖医学、肾内科、泌尿外科、骨科创伤、血液疾病、口腔医学、消化道肿瘤、精神疾患等优势学科。

北大医学是培养卓越临床医学家、医学科学家、医学教育家和医学人文学家的摇篮。在这里走出了中国第一位诺贝尔自然科学奖获得者屠呦呦先生，她研制的青蒿素拯救几千万人免于疟疾伤害;"中国试管婴儿之母"张丽珠先生,她给无数家庭带来新的希望;国家最高科学技术奖获得者、神经外科专家王忠诚先生,他是将手术刀探进人体生命中枢的第一人;全国抗击"非典"英雄、著名呼吸病专家钟南山先生,他和他的同事们,在2003年抗击"非典"战斗中表现卓越,用生命和热血换来防治"非典"的宝贵经验;在针刺镇痛的研究领域中处于世界领先地位的韩济生先生,开创出治疗海洛因成瘾的新领域。这些享誉世界的中国医学大师们,他们是北大医学人的杰出代表和榜样,北医精神在他们身上得到了最好的体现。北医的优秀传统和文化,凝聚了几代师生的努力和贡献,是我们继往开来、开拓创新的精神源泉。

　　亲爱的同学们,你们今天能够迈进北医的校园,足以证明你们是非常优秀的,是同龄人中的佼佼者。然而,这个伟大的时代和北医的历史使命赋予了你们更高的目标定位和责任担当。**今天的优秀仅仅是你们跨进校园的入场券,然而今天的优秀是不够的,作为北大医学人,你们一定要在个人成长和事业发展中追求卓越。**今天,我想和大家谈一谈,如何成为一名卓越的北大医学人。

　　同学们,**请你们志存高远,追求卓越**。今年5月2日,在北大师生座谈会上,习近平总书记对青年学生提出了爱国、励志、求真、力行的四点要求。青年人要勇于立志,很多伟人在青年时代都立下了坚定的志向。青年毛泽东，17岁离家去湖南湘乡求学前，给父亲留下一首诗："**孩儿立志出乡关，学不成名誓不还。埋骨何须桑梓地，人生无处不青山。**"以此表明他的志向和决心。

人生需要找到一个指向标，它就如同内心的北斗星，指引着行动和生活前进的方向。北大医院郭应禄院士从小受从医的父亲的影响，立志做一名好医生。1951年，他考入了父亲的母校北京大学医学院。大学时期是他世界观、人生观形成的重要时期，经历了那个时期的磨砺，他更加具有强烈的社会责任感。他说过："大学期间我明白了一个青年怎样做才是对国家有利。"他前进中的每一步都与北大医学发展息息相关，也与中国泌尿外科事业紧密相连。希望你们珍惜当下，在北大医学这个宽广的舞台上，绽放你们的光彩。医学将是你们毕生为之奉献的职业和追求，相信你们一定会爱上医学事业，并在健康中国建设的过程中找到属于自己的一席之地！

同学们，请你们严谨求实，铸造卓越。医学之路，道阻且长。卓越并不一定是轰轰烈烈。把平凡的事做到伟大，把简单的事做到极致就是一种卓越。现代遗传学之父孟德尔进行了长达八年的研究和数以万计的推算，找出了生物遗传的规律。卡、介二氏长达十三年倾注心血进行研究，无数次反复试验，最终发明了卡介苗，为人类撑起了预防"白色瘟疫"的保护伞。我国

「永远的校园」

古代医药学家李时珍用了二十九年时间,亲历实践,广收博采,编成了中药学巨著《本草纲目》。

健康所系,性命相托,医学事业是"至精至微"之事。真正决定你未来的不是现在手上的录取通知书,而是这些年一点一滴追求极致的努力。希望初入医路的同学们"图难于其易,为大于其细",将医书从厚读到薄,再从薄读到厚,掌握好医学基础知识。唯有追求卓越,才对得起时代的要求和老百姓的殷切期望。

同学们,请你们理性选择,聚焦卓越。"物忌全胜,事忌全美。"刚刚步入大学的你们,面对门类众多的课程和丰富多彩的大学生活,定会感到眼花缭乱。一定要紧紧抓住促进自身成长成才的关键环节,下大力气完成好核心任务。牢牢把握打造专业本领这条主心骨,在学生工作、社团工作、体育锻炼等活动中寻找平衡。有时候,要学会做减法,将有限的精力投入到真正热爱的事业当中,聚焦铸造学术核心竞争力,才能实现你们孜孜不倦追求的目标。

同学们,请你们珍惜时光,迈向卓越。"天才在于勤奋,聪明在于学习。"选择了学医,你们就必须心无旁骛,争分夺秒,一门心思扎根下去;就要从点滴小事做起,听好每一堂课,参与每一次讨论,珍惜每一次实践,写好每一份病历,做好每一次实验,总结每一例经验……"再进再困,再熬再奋,自有亨通精进之日。"只有这样日积月累地辛勤努力，才能实现人生价值，成就大境界。希望同学们将心中宏伟的目标化作一步一步的脚印，行动起来创造未来，扎实坚定迈向卓越。

亲爱的同学们，一所优秀大学的伟大作为在于这所大学能够有杰出的人才培养、引领的科技创新和突出的社会贡献。

你们是北大医学最新鲜的血液、最具活力的力量，也将是北大医学未来发展最坚实的栋梁！希望你们坚定学医的初心，坚守学医的梦想，通过自己的追求和努力，完成时代所赋予的职责，在中华民族伟大复兴和健康中国建设的历史进程中实现自身的价值和人生目标。

最后，祝所有2018级新生们顺心如意，前程似锦。祝老师们教师节快乐，身体健康，工作顺利！

谢谢大家！

（在北京大学医学部2018年开学典礼上的致辞）

守正创新,不坠平生之志

谢新洲

(北京大学新媒体研究院院长、教授)

亲爱的同学们,各位家长,各位老师:

大家上午好!首先,请允许我代表新媒体研究院全体教职员工向2018届的全体毕业生表示最热烈的祝贺。

时光荏苒,我们的母校北京大学在今年迎来了百廿校庆,而你我更是有幸作为北大人见证了这一盛事。在往昔的岁月中,北京大学始终践行着"爱国、进步、民主、科学"的信条,为国家为民族为社会做出了不可磨灭的贡献。而如今,肩负着"守正创新,引领未来"使命的北京大学和北大人势必将不忘初心,为祖国为世界为未来发光发热,而在座的每一位同学正是其中不可或缺的一员。

光影流年,新媒体研究院不知不觉间已经步入了第五个年头。五载寒暑,研究院的发展顺应着时代进步的趋势,凝聚着众多师生的心血。团结一心的努力换来的是我们在学术研究、人才培养、智库建设等方面不断突破的成绩。借此机会,我要向诸位师生道声感谢,也衷心希望各位同学会因自己身为新媒体研究院的毕业生而感到骄傲与自豪。

步出校园的象牙塔,等待你们的将是全新的征途。而在你们离开前,我有一些想法想跟同学们分享。

第一,关于责任。

名校毕业,作为天之骄子的同学们所肩负的责任不应只关乎自我。最近,有一张图片风靡了朋友圈,说的是一个常青藤毕业的儿子想去非洲做义工,起初遭到了母亲的反对。之后儿子问了这样一个问题:"我不去非洲,谁家的儿子应该去?"最终儿子的决定得到了母亲的支持,母亲也因儿子而感到自豪。

故事的真假暂且不论,如此强烈的责任心正是我们身为北大人应该具备的。**精致的利己主义者从不应该是我们身上的标签,"天下兴亡,匹夫有责"的使命感才是北大人真正的初心。**

而奋斗在互联网第一线的同学们,又应如何扛起心怀天下的责任呢?

如果同学们希望凭搜索造福人们,请打破KPI的桎梏,谨记"不作恶"的原则;如果同学们希望用网购便捷生活,请抵制山寨的诱惑,捍卫真品的良心;如果同学们希望借新闻影响世界,请反击假新闻的泛滥,传达真善美的价值。

只有如此,互联网方能成为经世济民的良方,才能将世界

「永远的校园」

和社会引向美好的未来。"不忘初心，方得始终"，世界因我们而美好是同学们不可遗忘的责任。

第二，关于成功。

社会所认可的成功从来不是单调而枯燥的，手握权力与财富是成功，拥有快乐与幸福是成功，践行无私与奉献同样也是成功。而在我看来，世界上只有一种成功，那就是内心的充盈。借一句耳熟能详的话便是"不因虚度年华而悔恨，不因碌碌无为而羞耻"。

如何才能获得这唯一的成功？请原谅我无法给同学们一个标准答案，但矢志不渝、无愧于心定是这份人生答案中无以替代的要点。衷心希望同学们在迟暮之年回首人生之时，满眼都是难以言喻的欣喜，而那便是内心充盈的真正感受。

第三，关于社会。

瞬息万变无疑是当下这个社会的重要特征，而我也早已跟不上潮流了，分不清"TFBOYS"，搞不懂《创造101》，也记不得微视频网红。但社会有一点是从未改变的，那就是它并不完美。社会从不像校园这般单纯，而是一个光明与黑暗并存、美好与残酷兼具的熔炉。

在即将步入这座大熔炉的此刻，我希望同学们能够做好准备，在面对诱惑之时坚守本心，在迎接风浪之时沉着冷静。"酌贪泉而觉爽，处涸辙以犹欢"，这历久弥新的诗句正是同学们面对社会的不二箴言。

同学们,时光固然无法倒流,但校园经历中的美好点滴必然会镌刻在心底。请同学们谨记心怀天下的责任,追求满眼欢喜的成功,塑造不卑不亢的自我,面向纷繁复杂的社会,坚定地出发吧!

最后,祝同学们前程似锦,不坠平生之志。

谢谢大家!

(在北京大学新媒体研究院2018年毕业典礼上的致辞)

岁月不居，打磨更好的自己

孙海燕
（北京大学信息管理系1989级系友）

各位尊敬的老师，亲爱的同学们：

燕园的七月，草木葳蕤，夏花绚丽，是非常美好的时节。但我们这些毕了业的老学生都不愿意这个时候回来，因为到处都是卖书、订票、离别的景象，让人禁不住想起当年毕业的时候。拎着行李走入南校门报到的那一刻还恍如昨天，一转眼，就到了打包辞行的日子。任谁能不伤别离！可是我得迅速打住这煽情的念头，久珍书记交代了任务，希望我这个老系友给即将毕业的同学们加加油，鼓鼓劲儿。

这个任务并不容易，大家都读了太多书、灌了太多的心灵鸡汤，师姐也熬不出新的配方。所谓踏入社会、职场能一直有热情有动力，过得有价值有意义，是你我都在上下求索的事，我显然也没有成功经验，只能结合毕业这么多年来的思考和探索与大家做点交流。其实也就三句话：**把握好方位，坚守住方**

向，磨炼出方圆。

把握好方位。历史潮流浩浩汤汤，顺之者昌，逆之者亡。把握好方位，才能知进退。

当今时代，正处于工业化时代与信息化时代的场景移换之际，人类社会面临亘古未有之变局。这句话非常重要，可以算师姐给大家的一个毕业锦囊，建议随身携带，保证终生有效。特别值得注意的是两个关键点，一个是"场景移换之际"，另一个是"亘古未有之变局"。

工业化时代还远没有落下帷幕，但是信息化时代的恢宏画卷已徐徐展开。在这个时代交替的节点回望，工业化时代带给人类社会的天翻地覆的变化，恐怕是两百多年前的人们无论如何也无法想象的；但我们目前就可以笃定地预见，信息化时代所带来的变化，将会远超过去一切世代的总和，这不是300年、500年或3000年，而是人类自然史以来前所未有的大变局，其到来的速度还将远超我们的预期。

时代的大潮是可以裹挟一切的，我们对此必须有清晰的认知。今年是马克思诞辰200周年，马克思说："资本主义生产方式开始于工业，只是到后来才使农业从属于自己。"那信息化时代会产生什么样的新的生产方式？又将如何使工业从属于自己？这种新的生产方式会如何颠覆以往的生产关系，进而冲击迄今为止全部的社会关系？我们在整个工业化时代所建立和

「永远的校园」

熟知的价值观念、社会伦理、政治秩序等这一切，又将会经历怎样的地动山摇？适应新的经济基础的上层建筑大厦又会秉持什么规则和秩序搭建？这一连串的问题听起来好像非常宏大，但其实与我们息息相关。

小到个人，大家钦羡的李彦宏师兄，不就是提早窥见了信息化的趋势，抓住机会走到了前列？以往做生意靠资料占有，追求人无我有，但信息化时代推崇的则是开放性平台和最大范围的共享。难道不正是因为把准了这一时代特征，"摩拜单车"创始人等一大波比你们大不了几岁的年轻人才创业成功的？大到国家，中共十八届五中全会提出"创新、协调、绿色、开放、共享"的新发展理念，中共十九大提出加快建设创新型国家，难道不是我们顺应这样的时代潮流提早做出的战略部署？再放眼世界，我们提出"共商、共建、共享"的全球治理观，提出推动构建人类命运共同体，难道不是站在时代潮头的时代倡议？

"每一代青年都有自己的际遇和机缘"，这是习近平总书记两次来到北大都强调过的同一句话。工业化时代和信息化时代的场景移换之际、当前的亘古未有之变局，以及随之而来的一连串问号，就是这个时代给我们的最大的际遇。能不能准确把握、提早筹谋，要看我们的机缘。但是我想在座的师弟师妹们是占尽了先机的，因为我们睿智的老师们早在二十多年前就把系名改成了信息管理系。把握好这个时代的方位,为家国为人类大展宏图,舍我其谁?

坚守住方向。大家都熟悉鲁迅先生评价北大的那句话:"**北大是常为新的,改进的运动的先锋,要使中国向着好的,往上的道路走。**"这句话也有两个关键词值得记取,一个是中国,**二是向上向好**。

北大从来都是与这个国家和民族的前途命运紧密相连的。继续成为这样一支向上向好的力量,需要每一位北大学子的向上向好。离开校园踏入社会,扑面而来的是现实而具体的生活。票子、车子、房子、孩子,这些世俗眼光里的问题,我们都将要面对。躲是躲不开的,不解决是不现实的,解决的过程中,不焦虑、不纠结、不攀比是非常难的。但是,我们这些老学生想告诉你们的是,这些不值得焦虑,或早或晚都会有的。从这个校园里走出来的同学,不管是在国内还是国外,不管是在北上广还是二三线的家乡,即使当年觉得最不如意的同学,经过一段时间的打拼,也会过上大家眼中很好的生活。

等到那个时候,真值得我们焦虑的是,有没有一份值得为之奋斗的事业?这个事业是否有助于我们的国家向上向好?我们还有没有当初追求理想的那份热情和执着?师姐不是在这里唱高调,因为你们现在也许还意识不到,在北大这些年,这里所积淀的历史荣光,所走过的前辈榜样,所传承的家国情怀,

「永远的校园」

都已经悄无声息地了融入了我们的血液，注定我们"享受的不是可怜的、有限的、自私的乐趣"，无论我们从事什么职业、身在何方、身居何位，都放不下那份兼济天下的情怀。人生梦、事业梦和国家梦从来都不是矛盾的。我相信，聪明如你们，一定懂得从起步就坚守住内心的方向。

磨炼出方圆。能踏进这个大学的门槛，大家都是同龄中最优秀的。走进燕园，与这么多精英比肩，更增长了你们的锐气和才干，再有今天拿到的北大毕业证书的加持，传说的人生赢家，就是你们了。

可是我忍不住要泼点儿冷水，过了今朝，就要从头再来了。北大的金字招牌不可能再时时庇佑你们，甚至毋庸讳言，"北大"这两个字带来的，也不尽是好名声。社会和职场有自己的规则和棱角，不想撞得鼻青脸肿，就要学着磨炼出自己的圆。**别让人说北大的人孤傲，博学明辨的同时也谦虚友善，才是我们与他人合作的态度；别让人说北大的人傲娇，愿意付出更多、敢于做得更好，才是我们应有的品格；别让人说北大的人夸夸其谈，慎思、审问、笃行，才是我们该展现的风范。**

磨炼出圆不易，守住内心的方，亦难。日复一日的柴米油盐酱醋茶，往往在不经意间把我们的理想磨空、把原则打破、把底线逼退。所以想提醒你们，不管生活多么琐碎、繁忙、苦闷，今后的每一天，一定留一段时间给自己，夜深人静时也好，晨光熹微时也罢，去浸润书香，去滋养爱好，去笔耕不辍，让岁月不断打磨出一个更好的自己。

各位敬爱的老师，亲爱的同学们，季羡林老师翻译的《沙恭达罗》里有一句诗："**你无论走得多么远也不会走出了我的心，黄昏时刻的树影拖得再长也离不开树根**。"这代表了我们所有离开学校的校友对北大的感情。在这个历史交替期，北大期待着你们给她带来新的荣光，国家对你们寄予着厚望。习近平总书记今年来北大时希望北大师生继续发扬五四精神，为民族、为国家、为人民做出新的更大的贡献。让我们以此共勉，在奋斗的道路上协力前行。

（在北京大学信息管理系 2018 年毕业典礼上的致辞）

小肩担大道，垒土筑高台

杨 霞

（北京大学医学部2015级硕士研究生）

亲爱的老师、同学、校友、家长们：

大家好！

我是来自第三临床医学院的硕士生杨霞。很高兴能够和大家一起分享这个特别的时刻。此时心中，百感交集，既有长亭折柳的送别之情，亦有踏遍青山的满怀期待。

我来自四川成都的一个小县城，在那里，能让大家寻医问药的地方只有一所乡镇卫生院。记得有一次，爷爷奶奶同时生病住院了，我去看望他们。一间十多平方米的房间里摆满了床位，咳嗽声、呻吟声不绝于耳。角落里立着一个简陋的小药柜，凌乱地摆放着药品。一名护士正手忙脚乱地配着液，她的身后还散落着几个输完液的空袋子。整个空间狭窄而脏乱，空气里弥漫着浓浓的药水味。

这个场景给我留下了深刻的印象。光阴流转，冥冥之中我选择了学医之路,更有幸进入北京大学。我跟随的是最顶尖的专家老师,学习的是最前沿的医药知识,使用的是最高端的仪器设备,接触的是最优秀的同学伙伴,但每每回想起儿时的那个场景,我总感到担忧、不安。在那样的环境下,药品的保存是否得当?配置的静脉用药是否安全?交叉感染的风险会有多高?更重要的是,这种情况如何得以改善?

最近有一部很火的电影叫《我不是药神》,电影折射出老百姓对于医疗及制药行业发展的期盼。我不是药神,只是一名普通的临床药师,站在离患者最近的地方,用科学的知识告诉求医者如何吃对药、吃好药。我想从我做起,点滴努力,改变现状。

力行,做实干家,是习总书记对我们这一代青年的叮嘱,也是北大人一直以来传承的精神。作为团长,我曾带领团队两赴赤峰进行社会实践,为当地的儿童福利院提供义诊、科普等服务。福利院里有107个孩子,其中90%都是残障儿童。活动结束时,我们和孩子们合影留念。一个瘦瘦的小男孩站在我的身边,牵着我的衣角,不太迈步,我蹲下来问他怎么了,他喃喃地说:"姐姐,我不想拍照……拍完照,你们就要走了……"我心里说不出的难受,尽管在国家的大力支持下,基层医疗环境在逐步改善,但仍有很多地区医疗资源匮乏、医务人员紧缺,患者不能得到及时有效的诊疗,而我又能做些什么呢？

当我在赤峰拜访北大校友莫锋师兄时，他讲述自己扎根内蒙古草原十五年的心路历程给了我答案。出身于北医预防系的莫师兄在毕业之际，为响应国家"志愿服务西部"的号召，毅然放弃了北京优越的工作和生活条件，扎根赤峰。他努力克服草原多变气候和生活习惯的不适，从巴林右旗卫生防疫站做起，认真指导基层卫生防疫工作，利用志愿大学生的优势为当地争取了大量的医疗资源，使地方的计划免疫工作得到了极大的突破。

"一盎司的预防胜过一磅的治疗，这是我选择预防医学的初衷。而基层疾病预防工作的一点点进步，或许能给老百姓的健康带来巨大的帮助。"莫师兄的这段话带给我深刻的思考，我突然明白，推动基层医疗的发展，其实并不局限于去做一名临床医师或药师，为有限的病人服务，还有其他的选择。于是我决定，毕业后要到基层去！

当前乡村振兴、精准扶贫进入攻坚阶段，毕业后的我将作为一名选调生，带着北大赋予我的思想，怀揣着报效国家、服务人民的信念，回到家乡、回到西部，为发展基层医疗健康事业、为推动"健康中国2030"贡献自己的力量。

作为北大青年，我们要牢记时代使命，勇担重任，脚踏实地，敢为人先。天戴其苍，地履其黄。纵有千古，横有八荒。值此告别燕园、整装出征的日子,祝愿大家前途似海,来日方长!

谢谢大家!

(在北京大学 2018 年研究生毕业典礼上的致辞)

做现实中的漫威英雄

梁春苏
（北京大学医学部2018级博士研究生）

尊敬的各位老师，亲爱的同学们：

大家好！

我是来自药学院的2018级博士研究生梁春苏，很荣幸有机会在这里发言。

大家从五湖四海相聚北大，就读于不同的专业。我的专业是药学。大多数自然科学源于人类的好奇心，药学则不同，它源自人类与生俱来的求生本能和对健康的追求。因此人类自诞生以来就没有停止过对药学的探索。

在古代中国就有《神农本草经》，古印度有《吠陀经》，古埃及有纸草书。而药学最吸引我的是，它的每一点发展进步，都会使成千上万人直接受益。曾几何时，人类面对疾病是束手无策的。这个夏天热播的电影《我不是药神》里有这样一句台词"有病没有药是天灾"。遥想16世纪的天花使美洲人口骤减90%，一战后的流感带走近亿人的生命。而如今，很多癌症可以被治愈，艾滋病患者也可以正常生活。

每一种药的背后都是数千科学家几十年的心血。在我心中，现实中的漫威英雄就是这些科学家吧，他们才是和平年代里人类的守护者。我希望，自己也能尽一点绵薄之力为人类健康保驾护航。于是，我选择了贯穿医药全产业链的药物分析学。北大有全中国最好的药学院，更有齐全的学科资源，能来到这里学习，我是幸运的。

也许很多人觉得做科研很辛苦。我们有时也会吐槽，"洛阳亲友如相问，请说我在实验台"。对此我的理解是，唯有了解，才有热爱。如果只懂皮毛，自然看不见细微处的万千变化。研究计划的每一步都有思考设计的空间，培养液里的每一个细胞都是一个世界。找到科研的意义自然就能感受到科研的快乐。此外，要关注领域内的顶级期刊和一些科研自媒体，掌握行业动态、关注领域前沿，在拓宽思路的同时，也有助于保持对学科的新鲜感。进入研究生阶段，我们早已不是"科研小白"，我也更期待自己通过博士生训练，早日成为"超级玩家"。

在科研过程中，最烦恼的莫过于，"忽如一夜春风来，千次万次从头来"。那么，该如何面对失败远多于成功的科研常态呢？此时，不妨想一想我们的校友屠呦呦先生。当实验进行了190次始终没有得到满意结果，研究陷入绝境之际，屠先生也没有停止探索，仍一部部地翻阅着古代医药典籍，直到找到"青蒿一握，以水二升渍，绞取汁，尽服之"这句话。在第191次实验时，青蒿素乙醚中性提取物终于被发现。

过程的烦恼不会动摇我们的初心。如今，我们要建设世界科技强国，要打破技术壁垒，要解决卡脖子的问题，更要求真学问、知行合一、无畏艰难，去探索科学领域的无限未知。

亲爱的同学们，无论昨天你来自哪里，从今天起我们有了一个共同的名字，北大人。作为新时代的北大青年，我们生逢其时，也重任在肩。我愿和在座的各位一起，在这里找到理想，收获友谊，发现真理，做无愧于自己，也无愧于时代的北大人！

（在北京大学2018年开学典礼上的致辞）

一生相遇,不负归期

宁 琦

(北京大学外国语学院院长、教授)

尊敬的各位老师、家长朋友,亲爱的同学们:

大家上午好!

燕园的七月进入一年中最热烈的时节。不仅因有连日滞留的暑热和灼人耀目的阳光,还因有最热切的憧憬与向往、最炽热的告白与不舍、最深沉的眷恋与感激。此时此地,此情此景,一切热烈都已酝酿攀升至最高点。在此,请允许我代表外国语学院全体师生员工对即将毕业的你们表示最热烈的祝贺,对言传身教的师长、殷殷期盼的父母家人致以最衷心的感谢和最诚挚的问候!

毕业使人五味杂陈,燕园四季草木、外院点滴故事早已幻化为成长的意象。在这里,你们发出了第一个大舌音,尝试写出第一篇学术论文,流过挫败与幸福的泪水,见过包括凌晨在内的任意时刻的北大。在这里,你们唱响《西域之歌》,"一二·九"

「永远的校园」

的桂冠当仁不让；开展志愿服务，在奥运会、G20 峰会、"一带一路"高峰论坛、中国共产党与世界政党高层对话会、世界马克思主义大会上，你们成为青春中国的亮丽名片。在你们之中，有学术达人、社团大牛，有学工能手、技术大咖，有文艺青年、校园歌手……老师无比感念这方天地、这段光阴，对你们持续不辍地雕刻与塑造；也无限欣赏可爱、可信、可为的你们，在成百上千平凡无奇的日日夜夜水滴石穿。

契诃夫曾经说过："人的一切都应该是美丽的：面貌、衣裳、心灵、思想。"有人戏称"大学是绝佳的美容院"，我亦笑言过"外院是绝佳中的绝佳"。燕园的求学生涯赋予大家以本领、以思想、以胸怀、以担当、以尊严，比起样貌的美化，这所园子的气质和精华已融入我们的血液，内化于心，外化于形。今日的你们，笑容明朗而生动，眼神从容而坚定，身姿挺拔而矫健，无处不透露着成熟与自信。这让我不禁回想起多年前的那个九月，在邱德拔体育馆前的草地上，背着行囊、满怀憧憬、激动不安的那群少年。在座的各位老师和我一样，见证了你们的青春芳华、目睹了你们的青涩勇敢，并在你们的成长中燃烧着我们自己、升华着我们的生命价值。

在此，我要郑重地感谢你们，感谢你们用自己的青春故事不仅刷新和续写了外院甚至北大的历史，而且成就了我们作为师者的精彩人生。相信在未来某一天，当大家经意或不经意间把思绪投向今天的自己,纵使发过的音、嚼过的字、读过的书、吃过的苦和那少年心事都已模糊,这燕园情,千千结,依然还会萦绕在心头。

转身之后便是离别,多少还是会让人觉得猝不及防。我要认真地与你们道别,认真地表达我的祝福和期望。

如何对待"北大人"的身份,如何在北大之外看"北大",这是我最近常常在想的问题。北大之所以为北大,北大人之所以是北大人,就是因为始终坚守理想、不改初心,始终身体力行、勇于担当。很多时候,我们是在离开之后才明白曾经停留的意义,成为真正的"北大人"是从迈出北大之门才开始的。

"北大人"的身份是神圣而沉重的,"外院人"的身份则更为具象,学贯中西的视野,汇通古今的格局,心怀天下的责任,持身中正的定力,脚踏实地的作为,应该是"外院人"品质的标配。身处燕园时它可能会带给你些许骄傲和荣耀,但在涉足社会之后,有时却可能使你如芒刺在背。你虽无意强求周遭的仰望,甚至刻意地保持某种低调,然而有意无意,他人会将你视作心中的高地。很多人对北大的想象,是在你的身上来求证的,此刻你就是北大。而北大从来不是一所单纯的大学,她负载着太多的期望,被符号化,甚至是被神化,成为我们生命中不能承受之重。纵使能力超群,成果卓著,都不构成受到礼遇的理由;然而安于一隅,随波逐流,也难成为自我放逐的借口。

「永远的校园」

所以，我们要比别人更努力，比别人更踏实，比别人更有担当，比别人更懂得尊重生命的意义和价值。怀敬畏之心，使行有所止；经世事冷暖，葆内心澄明；洪流之中不裹挟，喧哗声中不惶惑，权威当前不盲从，坚持活出最好的自己。正如罗曼·罗兰所言："世界上只有一种真正的英雄主义，那就是认清生活的真相后还依然热爱生活。"

如何看待和回报北大？很多校友前辈曾经说过，离开北大的人比北大里面的人更爱北大，偶尔他们会对北大在情感上迟滞的回应感到伤心，他们关心北大的发展，为北大的成就而喜，为北大之伤而忧，一切源于对北大深切的爱。我想这对留在园子里的我们是莫大的压力，也是鞭策。请相信，园子内外的你我都在以不同的方式爱北大、爱外院，尽管我们离大家、离社会对我们的要求还有很大的差距，但在园子里的每个人都在尽最大的努力守护着北大，尽最大的努力建设着北大，尽最大的努力去塑造北大应有的模样。我们需要大家精神上的支持甚于物质上的支援，我们渴望在北大和学院发展建设最关键的时候得到大家的关心、理解和包容，同心同德、同向同行，建设我们共有的精神家园。

我们生逢一个大时代，"勤学、修德、明辨、笃实"是我们青春的座右铭，"世界在我脚下，祖国在我心中"是外院人共同持守的信念。离开北大只能让你的心离她更近，曾经她只是你读书求知的地方，今后却是你魂牵梦萦的灵魂寓所。所以我深信，你们一定会善待"北大人""外院人"这些身份符号，继续用自己踏实的努力和深沉的热爱为它赢得更多的尊敬，让它焕发出更耀眼的光彩。

每到毕业季，我都会想起《麦田守望者》中的一句话："你千万别跟任何人谈任何事情。你只要一谈起，就会想念起每一个人来。"我想套用一下这句话："你千万别跟任何人谈起燕园旧事。你只要一谈起，就会想念起这里的一草一木、每一个瞬间、每一个人。"我见过无数耄耋银发的学长，重聚于外文楼前的海棠树下，岁月在他们的脸颊留下痕迹，却遮不住他们澄澈目光中的纯净和赤诚，那就是未来的你们。

一生相遇，不负归期。这校园是永远的，这外院是你们永恒的家。

谢谢！

（在北京大学外国语学院2018年毕业典礼上的致辞）